在温暖的世界里幸福地活着

路勇 著

远方出版社

图书在版编目（CIP）数据

在温暖的世界里幸福地活着 / 路勇著 .— 呼和浩特：远方出版社，2020.5

（心灵瑜伽系列）

ISBN 978-7-5555-1342-1

Ⅰ . ①在… Ⅱ . ①路… Ⅲ . ①散文集—中国—当代 Ⅳ . ① I267

中国版本图书馆 CIP 数据核字（2020）第 046737 号

在温暖的世界里幸福地活着

ZAI WENNUAN DE SHIJIE LI XINGFU DE HUOZHE

著　　者　路　勇
责任编辑　王　叶
责任校对　王　叶
封面设计　鸿儒文轩
出版发行　远方出版社
社　　址　呼和浩特市乌兰察布东路 666 号　邮编 010010
电　　话　（0471）2236473 总编室　2236460 发行部
经　　销　新华书店
印　　刷　三河市华东印刷有限公司
开　　本　145mm × 210mm　1/32
字　　数　186 千
印　　张　9
版　　次　2020 年 5 月第 1 版
印　　次　2020 年 5 月第 1 次印刷
标准书号　ISBN 978-7-5555-1342-1
定　　价　45.00 元

目录

第一辑　把时间浪费在美好的事物上

第三辑 做汪洋里的一只船，摆渡生命里的每一个你

第四辑 苦是甜的种子，甜在苦的尽头等着你

第一辑

把时间浪费在美好的事物上

城市喧嚣，每个人都忙忙碌碌，总有赶不完的路、做不完的事、追不完的梦想。其实，人生也是可以慢下来的，听一首老歌，想一位故人，或者写一些长长短短的句子。最快乐的体验，莫过于把时间浪费在美好的事物上。这样的浪费，看上去好像是一种挥霍，但其实这是人生最好的态度。

下辈子，我要做一棵树

“下辈子，我要当一棵树，一棵树种到一个地方，就永远不会被移动。”这是韩剧里的一句深情对白，也是我听过的最有意思的关于“下辈子”的构想。这样的构想是渺小的，不足以呼风唤雨，不足以指点江山，也不足以翻天覆地。可是，这个渺小的构想，却有一种安静的力量，这样的力量能让心灵洗去繁华，也能洗去无时不在的浮躁。

我曾经在爱人的老家待过一年的时间，那里几乎是一个世外桃源般的处所。乡村跟集镇和城市距离遥远，整天在眼前摇晃的除了麦浪、菜苗，便是一棵棵上了年纪的老树。坦白地说，要不是为了刚出生的女儿，我很难做出告别城市的决定，去选择如此闭塞又如此无趣的生活方式。乡村里，没有青壮年，只有老人和更老的老人，还有就是小孩和更小的小孩，寂寞的蔓延仿佛是潮水般不可遏制。

有时候，我焦躁地走来走去，绿油油的庄稼地、勤勉的老黄牛和跃出水池的鱼儿，都不足以安抚我不安的情绪。只有近处或远处的老树，仿佛潜藏着巨大的吸引力，让我不知不觉地走近。很奇怪的是，不管是树叶茂密的春天、烈日炙烤的夏日、黄叶缤纷的秋季，或是枝条萧瑟的寒冬，只要伫立在一棵老树旁，心立即会变得风平浪静，烦恼和孤独仿佛也烟消云散了。不知是老树听取了我的故事，还是我关注了老树的历史，一种无声无形的沟通在进行，一种相濡以沫的亲近在展开，一种珍贵无比的真情在流淌。

“采菊东篱下，悠然见南山。”那是属于陶渊明和他的时代的情怀，习惯了闹市的我显然是很难甘于寂寞。如果非要我选择世外桃源，选择一种与世隔绝的生活，我更愿意做一棵树，一棵生长于乡村的安安静静的老树，承载着悠久历史、包含着岁月魅力的老树。遗憾的是，老树也很难“永远不会被移动”，哪怕老树从来没有对都市的向往，但是都市却觊觎老树的风华。于是，一棵棵老树从乡村来到了城市。在城市快速发展的进程中，老树装点着城市的街道、花园或象牙塔。老树，不仅仅是城市的风景线，更成了城市强大的肺。

老树会不会像回到乡村的我一样，被无时不在的寂寞重重围绕呢？我想老树应该是会怀念乡村的，怀念白发苍苍的杨家老汉，怀念无比逗趣的李大耳朵，怀念杨婶家贪嘴的狗。但是，来到城市的老树应该不会忧伤，老树的迁徙是一段美丽的旅程，在城市绽放的新绿，也是一丛灿烂、一种春意和一份诗意。不管在哪里，绽放都是老树的愿望，绿荫都是老树的写意，岁月都被老树用年轮记载。

下辈子，我要做一棵树，做一棵老树，不管今天种在哪里，明天又去往何方，我都是一棵安安静静的、心不移不动的老树。我想，这就是我的心愿，是我和树有关的最真实的对白。

把时间浪费在美好的事物上

是的，这是某一本畅销书的书名。第一次，看到这十二个字，我有那么一点儿点儿向往，又有那么一点儿点儿心动的感觉。

众所周知，浪费时间是有那么一点儿点儿任性，又有那么一点儿遗憾和惋惜的。可是，当时间浪费在美好的事物上，这样的浪费便有了一种别样的质地，甚至有了一种浪漫美好的感觉。人生是一段太过仓促的旅程，太多的时候，我们处在高速旋转的过程中，常常眩晕得不知今夕何年，又不知自己身在何地。简而言之，我们实在是太忙太忙了，一个“忙”字让日子变得苍白，一个“忙”字让我们远离了自己，一个“忙”字也让我们忘记了出发时的愿景。

走得太快，城市喧闹，我们却渴望停下来、静下来，让自己的心在走过了千山万水之后，能够找到一个停泊休憩的地方。我们为了生活、为了家人打拼，可是房子、车子和票子，并不是我们人生的终极目标。没有什么比跟家人在一起更温暖和快乐的，与其给孩子赚更多的钱，不如抽一个星期来一次全家出行，不如花一个下午陪孩子去一次游乐园，不如花一个小时陪孩子念几首诗。爱人最需要的不是多少克拉的钻戒，不是珠光宝气的生活，爱人需要的是孤独时有你、疼痛时有你、需要人搀扶的时候有你。爱人是与你一生相携的伴侣，陪爱人逛逛新开的超市，去遛遛狗、赏赏花，去一趟爱开始的地方，这样的陪伴胜过甜言蜜语，也胜过越来越丰厚的物质财富。

最幸福的人生，不就是我们能潇潇洒洒地走出去，还能从从容容地回归吗？“世界那么大，我想去看看。”千山万水走遍，你才知道故乡最美，家里最温暖。或许比起我们干的大事业、揣的大梦想，花在儿女情长上的时间实在是有些蹉跎光阴，可是，我们的爱人、我们的家人，是最美好的事物，是我们奋斗的力量源泉。抽点儿空闲、找点儿时间陪陪他们，这也是最值得的浪费。人生有太多的计算和计较，但是用在爱人和家人身上的时间，真的没有必要去度量，也没有必要抱怨时间用得太多。种在爱人和家人身上的时间种子，最终一定能开出最鲜艳的花朵。

实际上，我们并没有想象中的那么忙，更多的时候，我们只是把时间交给了无聊的游戏或应酬。时间流逝，我们迷恋着麻将桌上的战局，跟熟悉或不熟悉的朋友大碗喝酒，吹着不着边际、不负责任的牛皮，还约着下一次海喝的时间和地点。时间花在了错误的事项之上，那才是真真正正让人痛惜的浪费，那才是必须要纠正的挥霍和任性。人生中有大的抉择，那会决定人生的方向和成就；人生中也有小的选择，即使怎么选都不会颠覆人生，却会默默影响着我们得来不易的幸福。幸福会影响我们的心境，带着我们奔向更好的方向，陪我们收获更好的人生。

有时候，我们独自去爬山，约三五个朋友打球，或者在夕阳下书写一些心语。我们并不总是在奋斗的路上，偶尔摘一朵路边的小花，看湖心亭的老人下象棋，与太阳雨来一次亲密接触，这都是非常有趣的事情。不一定要功成名就，一览众山小。心底的安宁、小雀跃和小确幸都能让我们在喧嚣之中、在绚烂之后，什么都不去在意，什么都不去担忧，什么都不去挂念，只是和自己的心做伴，只是和眼下的时光做伴，此刻即永恒。

最快乐的体验，莫过于把时间浪费在美好的事物上。这样的浪费，看上去好像是一种挥霍，但其实这才是人生最好的态度。当然，这不代表我们可以玩物丧志，当我们把时间浪费在没有意义的事情上面，甚至索性什么都不干、什么都不管，那才是真真正正的浪费、挥霍时间，就不再有任何的美好可言了。

幸福的“从前慢”

小时候，我进食很慢，慢到总是落在最后。母亲总是打趣道：“先吃不管，后吃收碗。”现在的我可不是这样，吃起饭来风风火火，仿佛等着我处理的都是大事，稍微晚那么一点儿，就会天下大乱似的。其实，要做的工作也就那么点儿，放下碗，没准就是刷刷微博、玩玩手游打发时间。

很多年前，总听人说“香港速度”“深圳速度”，现在才发现不光南方快节奏，现在到哪里都忙得像高速旋转的陀螺。不管是生活中还是职场上，我们都像车辆进入了封闭的高速公路，飞驰几乎是唯一的选择。久而久之，我们的弦绷得太紧，身心疲惫，在不停转换的画面中，找不到最初的自己。

并不是说不该追赶匆匆来去的时间，也不是说进取是一件没有意义的事情，只是时时刻刻都走得太快、跑得太急，让我们错过了周遭太多的风景，也错过了散落在岁月里的幸福和快乐。更不要说有些工作狂为了工作付出健康的代价，给自己留下了难以弥补的遗憾和无尽的苦痛。其实快与急不该是人生唯一的选择，人生也需要适度地慢下来。

快餐时代，注意健康的人提倡慢食行动，慢烹调会保留食物美好的原味，慢品尝能体味食物醇美的滋味。不过高压生活下的慢，并不是让我们磨磨蹭蹭，也不是让拖延成为一种习惯和风尚。慢生活，是让我们稍微放慢人生的速度，让我们的人生不再横冲直撞，而是变得细致和有韵味。人生像一杯茶，豪饮只会和苦涩相迎，慢慢地品茗才能收获甘甜。

人生需要松弛有度，孩子有做不完的功课，母亲有干不完的家务，父亲有理不顺的工作。但是，我们也应该放下功课、家务或工作，离开教室、家庭或单位，和清新的大自然亲密接触：自驾游去看郊外的风景；采摘最新鲜的草莓或柑橘；也可以攒一个假期，举家去一次巴厘岛、夏威夷或埃及金字塔，去体味异国风情。一趟慢旅程是一次探索的过程，更是一个让快生活减速的过程。

不要说你没有钱，没有这样享受的资格。你可以找人下下棋，或者在阳台晒一下午太阳。其实，“慢”和金钱关系不大，“慢”不一定要很奢华，只要你有心和“快”暂时告别，就能让身体放个假，让心灵改变繁忙的状况而享受一刻静谧。当我们陶醉于慢生活的悠闲时，身体就像是充进了满满的能量，使我们游刃有余地应对以后快节奏的生活。这样说起来，“慢”却是一种“快”，“慢”是从容的行走，有助于顺利地抵达。

“从前的日色变得慢 / 车，马，邮件都慢 / 一生只够爱一个人”，木心的《从前慢》打动人心，也牵引着我们追溯从前——从前大家的日子很慢、很简单，但是幸福却离我们很近。我们所拥有的现在，将来也会变成“从前”，今天的慢也会是“从前慢”，幸福的“从前慢”。

我们的人生妙不可言

最近，在朋友圈看到一条传播很广的信息，大意是说2016年1月有5个星期五、星期六和星期日，还说这是千年不遇的“满银口袋”。朋友热情澎湃地号召我转发，我却丝毫不为所动，我很是怀疑这条信息的真实性。经过简单的检索，我很快就发现，“千年不遇”的“满银口袋”在2014年8月就曾经出现过。原来，“千年不遇”只是一个大大的谎言，并不是真的值得点赞和转播。

时下，一些本来稀松平常的现象被无限放大，动辄冠以“千年不遇”的帽子哗众取宠。久而久之，我们开始对许多“神奇的事情”表示怀疑，渐渐地陷入了麻木的状态之中。其实，并不是我们抗拒那些事情，而是虚假包装过的“神奇”摧毁了我们的好奇心。标题党或许能偶尔吸引我们的关注，但是狼来的次数太多了，谁还愿意再相信？

这些年，我们经历了百年不遇的洪水、五十年一遇的暴雨，又在城市里看了海，还撑着船走过曾经车水马龙的街。我们目睹了一场又一场的流星雨，月全食、日全食等气象奇观也接连上演。当匆忙的人生有了种种遇见，灾难和奇迹接连降临，我们变得淡然、淡定，不再轻易地感到快乐和惊喜。一切都不是当下独有的，我们所遭遇的并非独一无二，在不久的过去或将来，一样的情景都曾经出现过，不需要五十年或百年之久，更不会荒诞到“千年不遇”。

不得不说，当各种“百年一遇”“千年不遇”层出不穷时，我们才明白世界其实并没那么妙不可言。妙不可言的是我们不可重来的人生，每个人的人生是只属于自己的传奇。不管是五十年或百年，抑或是更遥远的千年，再也不会有一个同样的自己带着同样的心情，走过同样的花开和雪落，书写相同的或挫败或顺利的人生。微笑地面对、认真地走过、快乐地享用人生，才是我们最该持有的姿态。

不是我们不该在意奇妙的气象，也不是我们不该秉持对外界的兴趣，只是比起那些，我们更应该珍视时光，珍视时光里的自己，因为那才是独一无二的、绝不会被翻版的精彩。

慢人生

快节奏的城市生活，让我们有一种停不下来的感觉，仿佛只要略微慢下来，就会被人狠狠地甩到身后。其实，人生有快就有慢，在该快的时候应风风火火，在该慢的时候也该从从容容。

我认识一个局长，很多年前，他就放弃了专车接送的福利，每天骑一辆二八单车上下班，一时间成了市里的风云人物。本以为时间长了他就会钻进小车，享受属于他的待遇。可是，他竟然坚持了十来年，直到继续升迁到厅长，代步的工具依旧是单车。在公开的场合，他说自己用行动支持低碳出行，希望给城市环保做一点儿贡献。

然而，私底下，局长跟我说，刚当局长时，他也曾经接受专车接送的安排，每天车来车去看上去很风光，可是，上下班的时间缩短了，看风景的时间也缩短了。后来，他还是觉得骑单车自在，从车厢中脱离出来，无处不在的风和路边摊美食的味道，让呼吸都变得自在了。倘若骑累了，随便在一棵老树下或者碧波荡漾的河边，歇上那么一小会儿。树叶唰唰作响，船只穿越湖心的浪花，时光显得那么美丽，日子显得那么从容。

最近，局长还跟我说，骑行的快乐又多了一点儿，那就是不像汽车会堵在路上。城市的交通大家都知道，堵车几乎是家常便饭的事。如此一来，风驰电掣变得动弹不得，反倒是慢悠悠的单车“左右逢源”。原来，快与慢，真不是绝对的，有时一味地追求快不一定能最早到达。而慢下来，却能突破混乱的局面，见缝插针地稳稳前行。

比起局长对慢的偏爱，年轻人却更爱旋风般的速度。年轻人不再喜欢单车，不再喜欢慢悠悠的节奏，也不再写信或者发邮件。其实，有质感的生活速度都不快。我家小区后面，是一大片的城中湖，湖边总有人在散步，有小情侣边走边说着情话，有老人带着小朋友蹒跚学步，也有吃完饭的夫妇在随意地溜达。湖心有盛开的荷花，莲蓬也慢慢长大，一艘渔船在荡来荡去，城市那么近又那么远，慢下来了，仿佛空气都变得静谧了，日子也不经意地迈动步伐了。

快递业发达的当下，也有人经营“慢递”的业务，如给十年后的自己写一封信。十年后，我们的生活节奏会不会变得更快，我们会不会忙得都没办法停下来？现在，我们纵享的清闲或者安逸，是人生不可或缺的美好。人生有许多快速推进的过程，但也得有那么几步慢人生，不急于抵达也不急于出发。慢，是一种任性、一种骄傲和一种态度，慢人生的味道也是时光的味道，让我们既能翻山越岭，又能坐看云起。

但愿你能慢下来，遇见最清澈的那个自己。

简简单单是一种幸福

“越长大越怀念，少年时有多勇敢，骑单车摔多痛也笑着哭，越单纯越幸福，心像开满花的树……”歌手王筝的这首老歌已沉淀在岁月里，但它偶尔也会泛上我的心头。想一想，曾经的我们是那么清澈如水，欢笑或哭泣都是一件简单的事。

彼时，我们觉得北上广是非常遥远的世界，连省城也只存在于大人的闲聊里，偶尔去县城轧轧马路、吹吹风。没有人说我们是井底之蛙，我们的世界说大不大，说小也不小。曾经想过未来会去什么地方，也想过会选什么职位，跟什么样的女子过日子。但都停留在念想，平静的日子没有谁成天把梦想挂在嘴边。但是，心里都憋足了劲，希望走过城乡的大路和小径，最终与前程似锦的人生相遇。

从前，我们会看一本书到深夜，或者听一首歌到沉醉。

物质世界的匮乏，丝毫不影响精神世界的富足。有时候我们用草团扎一个足球进行比赛，有时候我们到高山之巅对唱，有时候我们和小伙伴一起远足，说着不着边际的话，仿佛可以走到地平线。那时候心性很小，日子过得很慢，周遭的人都面带笑容，那些听闻到的复杂的世界，离我们还很远很远，仿佛一辈子都不会抵达似的。

后来，我们终于来到了城市，那里比我们想象得还要美，生活节奏比我们想象得还要快。不管是在书香弥漫的象牙塔，还是在窗明几净的办公室，我们还是淳朴的少年模样。我们努力念书，勤奋工作，我们追赶着日复一日的日子，我们是时光流水线上的工人。有人炫富、炫房、炫车，一无所有的我们并不艳羡，我们走进了城市的怀抱，直面贫瘠或奔波的今天，只为充满无限可能的明天。

我们住城中村的房子里，夏天的烈日、冬天的风雪，还有雨天的雨水，都熄灭不了我们对生活的热情。花几块钱买回来的小花，放在通透的阳台上，起先只是小小的一株，转眼便成了好多株，芬芳了许多个美丽的早晨和傍晚。对面楼的女孩情不自禁地说“真香”，我笑着说“独乐乐不如众乐乐”，然后急匆匆捧去一株与她分享。过几日，再去看对面，也有了花香的味道，在漫天的花香中，女孩在翻着一本什么书。

爱读书的女孩最美丽，文字会让女孩变得精致，就像脸上的淡妆提升了她的气质。我们好多人也开始选择充电，或许是为了新的职业生涯，或许是为了充实自己。不管怎么都好，我们不愿意做停止飞翔的小鸟，不管未来能不能攀上枝头、跃上天空，至少我们不会轻易地选择放弃。有首歌里唱道“爱拼才会赢”，明天的输赢谁又知道，我们不要辜负今天的时光，也不要辜负正值青春的自己。

简简单单的青春，简简单单的人生，或许人生还没有绽放，或许梦想还没有开花，但是最初的那份简单是美好的，像出淤泥而不染的莲，像孩子般纯洁的眼眸，像南国最洁白的雪。不管最后我们走多远，永留心底、无法忘怀的，都是最初那个简单的自己。

歌声来自地下通道

一个并不热闹的午后，我漫无目的地在街上走着，那想走就走的感觉美妙极了。

走着走着，我走进了一条地下通道，它通往街道的另一边。周末拥挤不堪的地下通道，现在只有三三两两的人经过，很适合闲来随意慢走的我。很快，有轻轻的音乐声传过来，是一个略微有些沙哑的男中音。我忍不住想："真是个有趣的人，选在这么冷清的午后卖唱，到底有没有一点儿经济头脑？"

直到走近那位歌者，我下意识地停止了脚步。当我和歌者四目相对，我差点儿惊掉了下巴。原来，歌者是大学生刘昕，是我彩扩店的老顾客。我知道，刘昕的家境很好，他爱摄影，摄影作品拿过一些奖；他也爱画画，画了很多像自己这样扎辫子的艺术家，也画校园里仙气十足的女同学；至于他的嗓音，我没有太多机会听闻，不过想不到他会去卖唱。

刘昕没有理会我错愕的眼神，继续弹着心爱的吉他，唱着他喜欢的歌曲，有些是流行已久的校园民谣，也有些是词曲都很陌生的原创曲目。坦白地说，刘昕唱得很深情、很投入，但是唱功远不到惊艳的程度。偶尔，有女大学生模样的过路人留下几枚硬币，更多的路人眼皮都懒得动一下，就匆匆而过径直出了地下通道。大部分时候，刘昕自顾自地弹唱，而我是唯一的听众。

我知道，刘昕是个有个性的男生，比如他那些角度奇特的摄影作品，又比如他那些画风飘逸的作品，再加上他那些与众不同的原创曲目。整个过程中，他都没跟我说什么，欲言又止的我刚好闲着，也就一直在他边上安静地待着。当夜色笼罩时，他收拾了自己的东西，捡起地上的硬币时皱了下眉头，然后起身阔步向前。我慢慢地跟在后面走，他丝毫没有回头的意思。

我忍不住追上去问："你为什么选择在地下通道唱歌？其实你有更多表现自己的方式。"刘昕酷酷地说："我就喜欢在地下通道唱歌的感觉，将来我还要去北上广的地下通道唱，我还想去欧洲的地下通道唱歌。我不在意面前有谁，那些来来去去的人是不存在的。那些随手留下的硬币我是抗拒的，我会拿去送给乞讨的老人。歌声是我的最好的伙伴，或许那些歌声并不完美，也没有多少人给我掌声，但是我觉得唱歌是一种幸福。在喧嚣的周末，我更愿意去摄影或画画，而不是在人堆里唱，我唱别人也不一定能懂。"

终于到了分别的路口，刘昕继续潇洒地走自己的路，他那蓄起的长发在风中飘，吉他上的亮片在夜色中发光。我想，刘昕就是那样的男生，他拥有自己宏大的世界，或许别人不能走入，也不一定能理解他，但是他却依旧勇往直前，仿佛想要抵达的远方触手可及。后来，我很少再听到刘昕来自地下通道的歌声，也无意去寻觅和追逐，他不愿意被打扰。

现实生活中，有太多的人活得不快乐，不是因为没有钱、没有才华或者不够出色，而是我们容易将自己置于别人的目光之下，却不知道比起所有热烈的掌声和极大的关注，最值得骄傲的却是自己拥有最明亮、最清澈的内心。其实，人生并不复杂，就像有人说的那样，你若知道自己想去哪里，全世界都会为你让路。

站在楼顶看太阳

曾经，在遥远的异乡漂泊，在不同的工厂打工。虽然加班如家常便饭，常常累得喘不过气来，但是一旦停下手中的活儿，特别是在万籁俱寂的午夜，寂寞便会如潮水般涌来。

给家人打电话怕吵醒父母，又没有异乡恋人可以慰藉内心，同样疲惫的同事早已用睡意覆盖了心里的落寞。工厂的大门早早地关闭了，寂寥的大街也不属于我，我可以做的就是走向空旷的楼顶。近处的璀璨灯火是属于别人的温馨，远处的故乡是触摸不到的温暖，只有抬头看看比平时更近一点儿的天空，在星月的辉映中，把那些小辛酸、小委屈和小失意融化在夜色里，融化在楼顶的风和空气里。

后来，从异乡回到了最初的城市，有一份还算安定的、可以糊口的工作，有一位漂亮娴雅的妻子和一个可爱的女儿，有三五个经常走动的朋友，还有一大帮天南地北的网友。如果有人问："你幸福吗？"我想也不至于茫然无措——慢慢地品味当下的点点滴滴，生活中还是有源源不断的甜，那份甜在心中荡漾，让幸福成为生活的主旋律。

可是，人生依旧会有苦涩，就像最美的风景也会有阴霾笼罩的时刻。随着年纪越来越大，甚至都失去了喊"累"、喊"痛"、喊"寂寞"的勇气，累了、痛了、寂寞了，都只能默默地将其藏在落寞的心底。趁着夜色登楼望月，是古诗词里描绘的闲逸，适合昔日漂泊的游子，却不适合已然成熟安稳的人。他们把夜晚送给了忙不完的工作，或者马不停蹄地奔向为自己亮灯的那个家。

一次，和同事聊点儿事情，我们到了公司的楼顶。聊完之后，同事急匆匆下楼去，而我留在了人们很少光顾的楼顶。那是一个阳光很足的冬日午后，偶尔掠过的寒风却如春风拂面，近处高的低的楼宇都格外的醒目，远处的山山水水在薄雾的笼罩下，散发出别样美丽的光辉。想着商场上的尔虞我诈，想着同事间的细小摩擦，再想想其他种种的不如意，在楼顶阳光的抚慰中，一切都变得渺如尘埃。

从楼顶下来后，同事说："路，你眉宇间的那抹愁云没了，全身上下充满了迷人的正能量。"那是第一次，我跟正能量扯上了关系，甚至感染了日日相伴的同事。渐渐地，不管是心底积郁了忧伤，还是获得了小小的成就，我都会悄悄地登上无人的楼顶，在楼顶看看与平地视野不一样的太阳。比起在异乡楼顶看到的皎洁的月亮，公司楼顶那明媚的太阳显然更能给人带来正能量，让在城市奔波的人们获得勇气和力量。

其实，人生的正能量并不是无处可觅、难以捉摸，只是我们缺乏善于发现的眼睛，还有一颗懂得珍惜的心。当你的生活被负能量充斥，不妨像我一样站在楼顶看看太阳。

懒懒的幸福

那年，填志愿的时候，懒懒没有相中好友推荐的外省院校。懒懒说："那么远，坐火车恐怕都要十多个小时吧？念书已经够辛苦了，我不想路上也那么累。"于是，她选中了省城的一所二本院校，开始了自己象牙塔中的学习生涯。

她的学校在省城城郊的大学城，只有一趟公交线路通往市区。平时车厢里还没多少人，一到周末，车厢明明已经挤爆了，外边的人还拼命往里钻。每一次去市区，对于大学城的学子来说，都是一趟绝不轻松的旅程。同学约懒懒出去的时候，她笑着说："那么挤，我不去了，还是在校园里温书或听讲座，要不就去爬校园后面的山。"懒懒就真的在温书、听讲座，或者揣个面包、带杯水，在图书馆待上一整天。精力特别旺盛的时候，懒懒就会叫上闺密去爬山，其实那只是一座不太高的山坡，登顶后，四周的湖景可以一览无余。慢慢地，懒懒甚至连山都不想爬，只是坐在校园树丛间的石凳上发呆。

寂寞的日子需要爱情的滋润，有男孩子开始追懒懒，一个是同校的高个子男生，一个是别的高校的矮个子男生。两个男孩子对懒懒都不错，懒懒一时间竟然拿不定主意，好像哪个都可以选。懒懒并没有犹豫太久，她选了同校的高个子男生。当有人问她选择的理由时，她笑着说："虽然我和矮个子男生也在同一座城市，但是见一次面要坐两三个小时的车，我想爬山的时候有个人陪，于是就选了同校的他。"

有了男朋友，懒懒依旧不喜欢外出，她不爱逛街买衣服，她妈妈给买的棉布衣服是她的最爱。懒懒说，棉布衣服穿着很舒服，而且不像那些时装娇气，穿完想手洗就手洗，想机洗就送学校洗衣房。周末的时候，懒懒和男朋友去爬校园后面的山，她总是不着急，走一会儿歇一会儿，还会拍拍沿途安静的花花草草。有时候，男朋友背着她上山，她会清唱几首流行歌曲，或者靠着宽厚的肩膀小睡片刻。

毕业了，懒懒在学校边上的小区租房子，她打定主意只租一楼。懒懒说："我是那么那么懒，只有一楼才最适合不愿爬楼的我。"租的房子不大，在一楼，房东将屋前的草丛围起来，还放上一张舒适的吊床。懒懒在学校附近找了份工作，男朋友创业中的公司也离得不远。当别的年轻人花很多时间在上下班的路上时，懒懒和男朋友可以从容地选择步行。不忙的时候，懒懒就躺在草丛的吊床上，男朋友会非常耐心地摇动，直到懒懒睡着了，发出均匀的呼吸声。外边的世界很精彩，而懒懒的小空间美好得像世外桃源。

转眼间，懒懒和男朋友谈婚论嫁，他们琢磨着买一套舒适的婚房。跟租房一样，懒懒还是不想住得太远，挑来挑去还是挑中了租住的小区的一套二手房。那是一套两室一厅的房子，楼层依旧是懒懒最喜欢的一楼，她说："我就乐意住一楼，谁叫我那么懒。"有快递的时候，懒懒从窗户里探出头，快递小哥就会将东西递进去。不像别的邻居，要急匆匆下楼。有时候，懒懒还冲着邻居"咯咯"地笑，仿佛不爬楼是天大的快乐。

在业主群里，懒懒总是对邻居说："亲，要找我就在门口喊两声，住一楼的姐一会儿就来见你。"很多邻居不喜欢住一楼，说一楼潮湿，阳光不充沛，爱闹白蚁。懒懒不争不辩，而是说："我选择一楼无非是懒，现在是懒得爬楼，等以后老了，是想爬而爬不动。"懒懒是那么真实，从来不回避自己的懒，还很享受自己的懒，而且把这种懒当作一种幸福。

幸福有无数种模样，别人的幸福我们无法参与，我们的幸福别人也无法干涉。懒懒的幸福，其实来源于她简简单单的个性，来源于她与世无争的清澈和美好。每个人都在为幸福拼尽全力，有一种幸福是不强求、不奢望、不折腾，这样也可以让我们遇见美好。

鲜花照亮的房间

有那么一段时间，我租房子住，就那么点儿收入，也不敢巴望租到太好的房间。我曾经住过阴暗潮湿的储物间，住过顶层加盖的夏不避暑、冬不避寒的阁楼，还住过将厨房改造而成的小单间。

后来，我认识了现在的爱人，和她成立了小家庭。手头拮据的我们买不起房，租房仍然是躲不过的“悲惨”命运。虽然不再住储物间或阁楼，但是也不敢租太贵的房子。很多时候，租好了房子，有了遮风挡雨之所，却也笑不出来。我抱怨着：“这房子也太破了，没有家具就不说了，竟然连凳子也是缺一条腿的。窗户也很小，阳光都不知道照不照得进来，完全没有一点儿家的样子。”

爱人不急不恼地收拾房间，还安慰我：“亲，加油哦，我们也会有漂亮的房子，到时候生个漂亮的女儿，我们一起在阳台上看漂亮的夕阳。”爱人的“漂亮”话像一阵清风，很快安抚了我焦躁的情绪。我也忍不住停下来，和她一起憧憬一下或许还很遥远的美好的未来。接着，我耐心地搬行李，然后因陋就简地布置房间。

第二天，我和爱人分工协作，我去超市买生活必需品，爱人去菜市场采购新鲜蔬菜。一个租住的处所，也是我们临时的家，日子就算再艰辛，我们还是要咬牙坚持下去。

等我大包小包地采购完毕，爱人还没有回家。我从窗户探出头，远远地看着爱人走过来，我连忙下楼去迎接。爱人不仅买了新鲜的蔬菜、一些五花肉和两条鲫鱼，还买了几束新鲜的花。

本来我想说“又不是自己的房子，花钱买花不如买两个鸡腿”，没等我开口，爱人先说话了：“老乡在菜场前面的转角开了一个花店，这些都不是热销的花的品种，她便宜卖给咱们的。你想啊，鲜花进了我们的房间，整个屋子不仅有了花香，还像被照亮了一般明媚。”

这些都是小女人的小情怀，我也不好败了爱人的兴子。不过，说来真的很奇怪，当把鲜花插进花瓶，花香慢慢地四溢开来，我浮躁的心绪顿时平静了，采光不好的房间也仿佛明亮了许多。我知道，这是鲜花满屋带来的心理效应，但是苦日子里的快乐还是弥漫开来。

爱人工作以外，就窝在租来的房子里，不是将买来的鲜花插进花瓶，就是给还没枯萎的花儿换水。后来，爱人跟着女工友绣十字绣，她的第一个作品就是个花篮。花篮绣得很好，五颜六色的花是那么逼真，仿佛有香气要跑出来。后来，我们拿去装裱了一下，挂在了房间的空墙上。爱人看着墙上的鲜花，忍不住说："我们的家也挺美的，苦中也有乐，这就是生活的本质。"

后来，房东来收租，看我们把房间收拾得很整洁，不停地点头赞许。她做了一个令我们意外的决定："就凭这花瓶里和墙壁上的花，我也要给你们的房租打八折。"原来，房东也不是土生土长的土著，她也有非常艰难的奋斗史。我们的淡定和从容，深深地打动了她，让她与我们感同身受，惺惺相惜。

过了许多年，我们不再租房子住，买了套舒适的商品房。我们的家南北通透，有充沛的阳光晒进来，家里不停地添置家当，家的模样越来越像样，女儿也在其中快乐地打转。而鲜花成了每日"标配"，阳台上有各色鲜花竞相开放，我们每次外出时，也都会顺便买些回来。女儿经常问我们："我画的花儿漂亮吗？"

鲜花照亮了我们的房间，照亮了我们的家，更照亮了我们的幸福。

一杯茶的优雅

坦白说，我不是一个爱喝茶的人，我更愿意选择可乐和白开水。可是，爱饮茶的朋友跟我说，捧一杯茶不仅是捧得一杯饮品，更是捧得一种人生态度和情怀。然而，看着朋友们沉浸在茶香中，慢慢地品茗、慢慢地回味、慢慢地沉醉，我总会有一种不以为然的感觉。

当朋友们沉浸在一杯茶的世界里时，我却热衷于不同的饮料，碳酸的、果汁的、功能型的……并将喝到不同的饮料当作人生的乐趣。哪怕朋友们告诉我，饮料的滋味太过单调和乏味，没有茶水的滋味绵长；喝多了饮料会发胖，会影响健康；喝饮料是萌男萌女的选择，品茶才是成熟人士的姿态……我依旧保持着对饮料的喜爱，不肯试着接受一杯茶。

在我的潜意识里，茶香是属于闲逸老者的，茶水是属于游子的。我平凡而平淡的人生不需要茶水，也感受不了入唇的盈盈茶香，我还不打算停下来思考，而是更乐意奔跑在路上。然而，每每看着品茶的人，我还是艳羡那份淡定、淡然的情怀。当我走过喧嚣的街道，那些古色古香的茶楼，仿佛带着一种神秘的气息。我想坐在茶楼里的人，不是悠闲的大叔，就是有着古典气息的美女，不属于我这种浮躁的人。

后来，与人有重要的事宜相谈的时候，或是需要打发闲暇的时光，喝茶便成了最好的选择。畅饮一杯柠檬汗或红茶，那是年轻人的选择。话还没讲完，一杯饮品就落了肚，多少有些意兴阑珊的滋味。而小小的茶杯，浅浅的品尝，入口的茶由微苦到甘甜，萦绕在空气里的是茶的香气，那香气会弥漫一整个下午或晚上。

慢慢地发现，原来茶可以让浮躁的人变得安静。如果说饮料是用来痛快地畅饮的，那么茶则是要细细品味的，小口地品味一杯茶，每一口都有不同的味道，每一口都有不同的体验。饮茶时，我们可以无拘无束地畅聊，也可以安静地思考，没有人随意地喧哗，也没有人无端地吵闹。不管之前你是什么样的人，不管你有什么样的习惯，端上一杯香气四溢的清茶，你就会变得优雅起来。

陆游诗云："青灯耿窗户，设茗听雪落。""更作茶瓯清绝梦，小窗横幅画江南。""寒泉自换菖蒲水，活火闲煎橄榄茶。"有"小李白"之称的陆游，留下了数量众多的茶诗。茶在诗中，诗在茶里，显然是飘香的茶给了陆游创作的灵感，一杯茶的优雅酝酿了一首诗的隽永。

也许我们并不是时刻香茗在手，但是人生有酒、有饮料、有白开水，也一定要有茶。品茶可以抚慰我们内心的疲惫，推动我们去追逐生命中的更多美好。

夏日，晒一晒旧时的老书信

夏日，晴好天气。绽放的阳光，昭示着是晾晒的好时机。于是，院落里、阳台上，便有了浩浩荡荡的棉絮和鲜艳的服饰，还有一些年代久远的书籍，都期待着阳光深层次的滋润。

而我却将目光落到了书房一个硕大的纸箱上，纸箱里没有书籍、没有字画，也没有存折，只有一叠又一叠的陈年书信。打开箱子，密密麻麻的书信上，有褪色的字迹、剥落的邮票和熟悉的字体，也有岁月留下的挥之不去的霉味儿。夏日正是晒信时，这个念头在我脑海里瞬间滑过，便成了坚定的选择……

在开放的阳台上，阳光毫无保留地投射过来，晒在一字排开的信封上，信封里是一封封珍贵的信件。信件里，有老爸老妈对寄读的儿子的叮咛，有师长对更上一层楼的学子的教诲，也有远方读者对杂志上小诗的作者的崇拜。在无纸办公盛行的今天，那些笔耕时代的记忆泛上心头，家人、师长和读者的感情都那么浓烈，手写书信带来的快乐和感动，隔着时光依旧能打动当下的我。

每个人的青春都有青涩的爱情记忆。毫无疑问，那些信件里，最多的还是恋人的来信，有绵绵的情话、风干的丁香花，还有许多的生活照。比起口头的山盟海誓，比起今日的微信和短消息，爱的书信来得更温暖和隽永，更能够穿越岁月的风化和腐蚀。虽然恋人最终成了最熟悉的陌生人，甜蜜的记忆也有了苦涩的滋味，曾经的爱恋留在了最美丽的原点，而这份记忆沉淀已久，晒信时刻，昔日恋人的脸仿佛浮现在阳光之中，有着春风般的笑容，一切美好的感觉迅速回归。

难忘那些鸿雁传书的日子，在明亮的窗前、平整的书桌上，书写着年少的如诗情怀。清晨的风、午后的艳阳，还有傍晚的夕阳，都变成了长长短短的句子："你那里下雪了吗？""听，海哭的声音……""你在他乡还好吗？"传唱度高的歌词也被写进了信里。寄出一封信，寄出一份问候，也寄出一份深深的期待，期待鸿雁飞回的日子。老师捧着的那一沓信，总是有自己的名字。在胡同口，最希望听到邮递员的铃声，邮递员绿油油的装备，像春天的第一抹绿，妥妥地吹进心底。

每次收到一封来信，心里就像过节般喜悦和兴奋，几张薄纸跋山涉水来到手中，仿佛信纸上有了山水的味道，也有了思念着的人的气息。见字如见面，真的不仅仅是客套，时空隔开了我们，信中的那些文字便有了一种温度，让不得不分开的彼此聊以慰藉，甚至在心头升腾起一种暖意。悠长的无法相聚的日子，是书信让友谊之树常青，让无法促膝的人倾心而谈，让孤单的岁月不会真的寂寞。

夏日到了，晒一晒旧时的老书信，老书信里满满的都是回忆，满满的都是老时光的味道。特别是在书信逐渐退出历史舞台的当下，当我们的表白变得越来越直接、越来越苍白，珍藏书信具有非常深刻和美好的意义。

夏日的艳阳终将“偃旗息鼓”，晒信的感动和收获也会再次尘封。但是，那份对过去的回忆也是宝贵的，可以让我们在迷惘彷徨或者孤独时，拥有一种乐观向上的力量。

一棵一棵开花的树

不知不觉，春天降临了城市，先是一丛一丛的绿，然后是一树一树的花。

小区里的桃花最先开放，粉色的花瓣挂在枝头，像年轻女孩娇俏的小脸，在枝头甜蜜地笑着。桃花又如粉色的雪，一点儿一点儿弥漫在枝头，也弥漫在我们的心底。有桃花做伴的春天，那些寒冬季节的忧愁，都慢慢地被春日融化了。花香满径的道路上，有尽情戏耍的孩子们，还有捧着报纸看的老人。忙碌的年轻人或中年人，每日傍晚都会在桃树下驻足，仿佛花香可以卸下一天的烦忧。双休日，手机或相机的快门飞快地跳动着，一些花开的信息透过网络传播着，春天的讯息也飞扬到很远的地方。桃花，不仅仅开在小区的枝头，还穿越了人海和城市，开进了近处或远处的亲友的心底。

有那么几日，总会遇见路边盛开的喇叭花，大朵大朵的雪白的花瓣，是那么安静又那么美丽。我的记忆也回到了三十年前，家门前便有一株喇叭花。转眼间，花开又花落，谢得差不多了，我不由得感叹不已。一日，和爱人聊起路边的喇叭花，她不以为然地说，那未必是喇叭花，很多花长得都像喇叭花。午后，我走近花树，仔细观察，才发现那真的不是喇叭花，花瓣也并不是喇叭的形状。后来，朋友们告诉我，那一树一树的是玉兰花。原来，关于花朵，不仅眼睛靠不住，记忆和经验也靠不住。

很快，樱花树也开始开花了，绯色的、雪白的樱花，在高高的枝头绚烂着。小小的花瓣，像漫天的繁星，耀眼，又像雪籽般无处不在。眺望樱花树枝，总会让人心生小小的雀跃，春天仿佛被安上了琴弦，随时演奏欢快的乐曲。樱花花期很短，甚至边开放边调落，花树之下是一场一场的花雨。落花时刻，很适合恋人相伴走过，也适合浪漫的诗人，写下一些和春天有关的诗句。我见过的最好的樱花，还是在武汉大学的樱园，樱园总是有如织的人流。不知是象牙塔的书香气打动了人，还是这樱花迷住了人，有了樱花的春天便有了诗意。

樱花雨是明媚的，梨花带雨却是伤感的。“忽如一夜春风来，千树万树梨花开。”嫩黄的梨树树叶，有一朵雪白雪白的梨花，显得那么醒目和优雅。梨花没有桃花的娇俏，没有喇叭花的大气、玉兰花的神秘，也没有樱花的诗意。梨花没有花团锦簇的喧闹，有的只是小桥流水人家的宁静。梨花落，有点儿像女孩儿的泪花，让观花人的心有一点儿点儿伤感，又有一点儿点儿怜惜。梨花不是春天的意外，它也是春天最真实的存在，我们在春天走过了耀眼的明媚，也会路过刹那的落寞。也许你会从梨树下经过，偶遇梨树下忧愁的女生，然而梨花雨却是一种暗示——暗示春天的幸福那么近又那么远，唯有用心地感受才能不负韶华。

一棵树便是一个春天，春天是一棵一棵开花的树，花芬芳了整个美丽的春天，春天也记住了百花的美丽。

朵朵皆昙花

谁都知道昙花花期短促，但是真正见识过昙花开放的人并不多，因为昙花常常在暗夜里开放，转瞬花瓣便凋零。

曾经，与三五知己相约，边聊天边等待昙花开放，想要记录那刹那间的芬芳和灿烂。终于，朋友们在漫长的等待中睡去，而我独自与昙花的花期相逢。或许是凌晨太过静谧，或许是昙花努力地绽放，我竟然听到了花开的声音，那不是诗歌里的句子，是那么真实地存在着。在为昙花花期短促而感叹的同时，我也见识了它绽放的力量和美丽。次日，我跟朋友们说起昙花盛放的景象，他们竟然报以怀疑的眼光，而且非要我以视频为证。花期转瞬即逝，昙花开放之美留在我心底，我无法“亡羊补牢”地去摄录。而错过的朋友，不管信与不信，他们真的错过了那一夜、那一刻的绚烂。

或许有人会说世间百花齐放，错过了昙花没什么遗憾，还有更多的姹紫嫣红等着我们去欣赏。这样说来也没错，一年四季，天南地北，处处都有花开，时时都有花香。去云南看兰花，到洛阳赏牡丹，在东瀛之国感受樱花的浪漫，去荷兰陶醉在郁金香的芬芳里。仿佛，我们从来都不缺少赏花的乐趣，仿佛我们每天都生活在花期之中。可是，时间常常并不在我们的手心里，总有太多身不由己的无可奈何。曾经，我很想去洛阳看牡丹，在我看来，牡丹开在洛阳城，才有那种富贵荣华的感觉。可是，并不遥远的洛阳我却少有机会到访，有一次觅得机会去洛阳游历一番，可惜又不逢时，赶到了花期之前，久等花不开，最后扫兴而回。

就算花儿开在城市的枝头，但是赏花要有一份闲怡的心情，才能在那一片灿烂中找到快乐。否则，就算花儿离我们再近，都只会因我们郁闷的心情，或者无端的忙碌，有了咫尺天涯的疏远。将一朵花，捧在我们温暖的手心，并不太困难。但是，要采撷一瓣，驻扎在我们的心底，芬芳我们的心境，却并非易事。更多时候，我们漠视了花儿的示好，把一份妩媚、一份清香留在风雨中。风雨过后有彩虹，但是落花成泥，只有空荡荡的花枝，迎接落寞的我们。

秋天，一年一度的菊展如期而至，各色各样的菊花有不一样的美态。去观展的朋友道不尽菊花之美，朋友圈也有人晒出了照片，可是自己却裹足不前。想着菊展就在不远处，随便找一日就可以抵达，就可以在花香中流连、沉醉，便也不急着安排行程。日复一日，时间不经意间流走，秋日转眼有了冬天的气息，菊展也不知不觉结束了。“又要等一年。”能跟自己说的也只能是这一句，可是一年又是多么久长的时间，绝不可能轻易地到来。遗憾就是这样留下的，花期也就是这么错过的。

年年岁岁，时时刻刻，都会有花开的消息。但是，盛夏没有蜡梅，樱花也只在三月开。花期过后，我们赏花的愿景仿佛一场不可触及的梦，要等待漫长的四季轮回，才能重温那一瓣的芳华。骤然的惆怅后，才明白花期需珍惜的道理，才不会再恣意挥霍与花相伴的时刻。花期再久，也有凋落的时刻，仿佛朋友间的相聚，没有不会散去的筵席。

其实，一丛丛的花，朵朵皆昙花，每一瓣的绚烂都是短暂的。只有懂得珍惜的心，才是藏于泥土之下留驻美好的根，可以拥有满树的风华。与其对着空枝忧伤地感叹，倒不如在花期之中流连，用心记录花香四溢的时刻，拥抱花开有声的感动。当久长的花期在心底定格，哪怕是昙花也不会轻易失去永恒的美，哪怕是仓促的花期也不会来去匆匆。

末班车永远是温暖的

住在大学城，大学城在城郊，几路郊线车连接着城市和家。以前，郊线车收班早，末班车发回时，城市夜未央，车辆总是爆满的状况，总有乘客被末班车抛弃。晚归的人只能坐的士或“黑面”回家，那种夜风中的归途有种说不出的滋味。一次，我不得不选择“黑面”，面包车狭小的空间，座位改装后，塞进了十来个人。盛夏的深夜时分，“黑面”疾驰，也没有什么风灌进来。我贴着一个胖胖的女生坐着，我们的臂膀“交换”着彼此的汗水，烦躁的情绪在车厢里默默发酵。胖女生扭来扭去表达着不满，而我能做的就是努力地克制。

接着，大家只好通过各种渠道，表达对郊线车收班早的抱怨。慢慢地，郊线车也有了改革，末班车从晚间九点多，调整到了十一点半。别看才两个小时的延迟，却大大地方便了出行的人们，特别是逛街的大学生玩得更从容，而不再总是盯着手机上的时钟。有时候，末班郊线车人满为患，司机总会试图带走每个晚归的人。也有时候，末班车并没有几个人，但是末班车也绝不会缺席。

每次看到郊线车载着三五个晚归的人回家，不管我在不在空荡荡的车厢里，心底都会充斥着满满的暖意。末班车时间的推移，让这座城市显露出一种温情，一种对市民的爱与体恤。不管这座城市还有多少的不完美，单凭那晚风中的末班车，都会让人迷恋它，最终无法远离或舍弃它。

我也坐过许多次郊线末班车，乘客坐满车厢的次数很少，大多数时间，就稀稀拉拉几个人。大家不是沉默地小寐，便是看手机，车厢里的空气仿佛都静止了。有一次，整个车厢竟然就我一个乘客，沿途也没有人上车。我在朋友圈说："零点，幸福的专车。"朋友们纷纷点赞，有 95 后的小鲜肉评论说："太酷了吧，哥。"我想大家为我点赞，不仅是因为我享受着的夜色里的专车，更是为我夜深了还能从容回家而开心。

每次下车，我都忍不住想对司机道一声"谢谢"，而不够外放的性格又让我把这份感恩放在心底。下了车，看着空荡荡的车驶远，想着其他乘客和末班车司机，也可以迎着灯光回到不远处的家，回到有热茶、暖汤和家人期盼眼光的家，让晚归的我得到了极大的慰藉。有几次，我在午夜寂静的街头驻足片刻，我是那么虔诚地感谢城市的美好，感谢末班车司机的辛苦付出。

还记得韩剧里的画面，空荡荡的末班车，一对热恋的男女相依相偎，坐在最后一排靠窗的位置，说着外人听不见的情话，女孩飘逸的长发随风而舞。后来，我也有了恋人，我们经常去热闹的步行街，或者去江边吹一晚上的风。晚归时，我们总坐在最后一排靠窗的位置，有时候有说不完道不尽的情话，有时候沉默着也是一种美好。窗外的夜色是那么美，美得让晚归的我们很沉醉，多渴望这是一辆没有终点的末班车，会开往我们漫长的一生一世。

末班车上，总会有晚归的小夫妻和情侣，女生叽叽喳喳地说着什么，或者安安静静地倚着男生睡着了。末班车载着疲惫的人们回家，其实也载着他们一天的历程，甚至是更为悠长的往事回家。末班车掠过城市，掠过城乡接合部，最终在城郊的大学城或者居民小区停下，让一个个有故事的人安然地回家，在温馨的空间里书写更美的续篇。

或许，没有一趟末班车开往未来，没有一趟旅程是没有终点的。然而，我们在喧闹的城市，艰难或从容地行走着，带着梦想和希望出发，也许还不到花团锦簇的时刻，但是回归永远都是幸福和写意的。末班车永远都是温暖的。

收藏性情

关于收藏，更多人愿意选择大众化的品种，但是也有人独辟蹊径，“不走寻常路”。收藏“怪癖”渐渐成了一种别样的潮流，人们对有着另类收藏趣味的人也会有一丝好奇。

我曾经是一名摄影师兼彩扩员，成天在胶卷和照片堆里打转。顾客拍摄的美女照和优美的风景照，总能让我在工作时心旷神怡。但是，照片的所有权和著作权不属于我，纵使我有留下来收藏的愿望，却还是在职业操守的指引下选择放弃。

于是，我将收藏的注意力转到了胶卷暗盒上。顾客送来冲洗的胶卷处理完毕，胶卷暗盒自然便留了下来。胶卷有品牌的不同、感光度的不同、型号的差异，不同的文字包装也是一大亮点。冷冰冰的胶卷暗盒和收藏联系起来，对于我来说，有一种别样的趣味。有了这一收藏怪癖，我四处收集胶卷暗盒。每次得到一个全新的胶卷暗盒，我便会被巨大的喜悦和满足包围。没事的时候，我会将收藏的近两百种胶卷暗盒放在家中客厅的地板上“展览”。在那时，我仿佛有了孩子般简单的快乐，胶卷暗盒仿佛是童年的积木或玻璃球，让成年的我陶醉不已。

朋友说，一个人别样的收藏性情其实与他的生活有关，连接着个人的职业或者爱好。如此说来，我对胶卷暗盒兴趣的产生，与我职业为摄影师、彩扩员有关。说实在的，如果不是在这个行业工作，要接触和收集林林总总的胶卷暗盒，无疑是一种困难的事情。我后来离开了这一行，再加上数码产品逐渐取代传统相机，收集胶卷暗盒的行动慢慢就宣告结束了。

我有个朋友喜欢收藏扑克牌，他家柜子里有上千种风格各异的扑克牌。如果，我要您猜我的朋友从事什么职业或者有何爱好，您一定会猜他是个超级赌棍。实际上，他是国内有名的魔术师，不仅在国内的舞台上表演魔术，还去过世界各地奉献精彩的演出。最重要的是，他表演的道具永远都是扑克牌，扑克牌自然和他的生活连在了一起。这样的收藏爱好，其实是专业人士的一种本能反应。

前不久，在报纸上看到过一个有独特收藏爱好的人，他关注的是容易被忽略的筷子套。筷子套也能收藏，而且还被他经营得有声有色，着实让人佩服他敏锐的洞察力。新闻中说，收藏筷子套的男人不是筷子制造商，不是美食家，而是某事业单位的负责人。餐桌上百无聊赖，于是他迷上了收藏，收藏天南地北的酒店、餐馆里筷子的“外套”，久而久之竟然有了不小的“规模”。收藏可爱的筷子套，是一种别出心裁的智慧，为平淡的生活平添了一丝亮色。

比起明星、大款动辄收藏古董车、珍珠或宝石，胶卷暗盒、扑克牌或筷子套都是寻常的物件。但是，收藏的快乐不仅属于明星和大款，更属于每一个有真性情的普通人。因为有了个性收藏的存在，日子也会更有质地、更有味道。

情迷纯手工

曾经看过一则新闻，拉面馆请来机器人制作刀削面，机器人动作麻利而且面皮厚薄均匀。最近，又听说武汉的热干面馆要告别“随手抓”，每份两百克的热干面由机器人负责下面和调味。或许有人说，机器人带来的是标准化生产的节奏，你不用担心自己的面厚薄不均或者分量不够，味道也会保持在同一个水平线上。

可是，要说吃面，我还真喜欢去那种老馆子，表面上到处油腻腻的，但是案板和餐桌却一尘不染。有时候，老板会跟你闲扯几句，更多的时候，老板忙得都顾不上抬头，却总能准确知道你的喜好。说到吃热干面，总不至于跟机器人说，“多葱少蒜，多给点儿辣椒少来点儿醋，酸豆角、辣萝卜、海带丝也多放些”。老板还是熟悉的老板，味道还是熟悉的味道，但是感觉不再是熟悉的感觉。当纯手工制作被放弃，转而越来越依赖设备的功能，我们会失去往昔的生活，跟传统产生一种或深或浅的疏离感。

很多人都爱吃饺子，最简便的当然是去超市买速冻饺子，速冻饺子你想得到、想不到的口味都有。然而，速冻饺子再好吃，总是少了一种气氛。还是春节团圆夜，一家人擀面皮、包馅料和煮饺子最快乐，热腾腾的饺子、热腾腾的年味，吃出了一家人的幸福和欢乐。每年家里人都会在饺子里包硬币，据说吃到硬币的人来年会走运。每次幸运饺子都被我吃到，而家人们比自己吃到还开心。饺子里蕴含的真情，是速冻饺子无法与之相比的。平日不忙的时候，家里人偶尔也会包包饺子，次数不多，但每次大家都很尽兴地交谈、恣意地欢笑。

父亲最爱做鱼肉大丸子，每个差不多有成人的拳头那么大，蒸熟了，咬一口，是浓浓的肉香味，难以言喻的满足感扑面而来。以前没有绞肉机，父亲总是用菜刀一点儿点儿地剁，把肉和鱼剁得细得不能再细，碎得不能再碎，才把肉末、鱼末捏成丸子的形状。后来，绞肉机风行，爱做鱼肉大丸子的家乡人，也有了偷懒的机会。父亲试过几次后，却摇头不止地说：“机器怎么会比人懂得食物，我还是更相信自己的刀功，或许这样烦琐一些、耗时更久，但是唯有如此，才更能发扬食物的美味。”

随着时代的发展，纯手工制作的美食越来越少，一是设备的功能日益强大，二是人们的耐心也在消减。然而，我不得不说的是，纯手工制作的食物所散发的魅力，必将越来越大，因为那不仅是逝去的岁月里沉淀的美好，也是未来时光挥之不去的念想。快起来，也能慢下去，这才是从容有度的人生。不管我们走多远，见过多少世面，最后还能回到原点，做一些纯手工的美食，哪怕味道早已不再惊艳，但是心灵的舒展和安宁，是最好的体验。

寻找胶卷

十年之前，我在一间小小的彩扩店工作，别看那间店就那么点儿大，生意却出奇的兴旺。那时的人们还习惯在彩扩店买胶卷，带着自己的傻瓜相机，携着家人去拍摄，然后送回彩扩店冲洗照片。彩扩店里每天都有数以千计的照片，身为彩扩员的我不仅冲洗着照片，也随着那些照片的画面去郊游、去外地甚至国外，感受着属于别人的精彩世界。

彼时，就开始有数码技术将取代传统摄影的传闻，让在彩扩店工作的我们多少有一点儿点儿不安。但是，我们还是非常有信心地宣称："不管科技怎么发达，人们都不会不拍摄照片，胶卷在未来十年不会消失，甚至五十年内都是热销品。"可惜的是，我们并没有等到五十年后，不到十年的时间，胶卷（特别是民用胶卷）便基本从市场上消失了，传统彩扩也彻底被数码科技取代。随着全球最大胶卷品牌——柯达公司的破产，以及其他胶卷品牌的逐步减产，胶卷成为老古董也是早晚的事情。而我个人，也早已离开了曾经热爱的彩扩业，进入了其他行业中。

前不久，我在整理家中旧物时，发现了一部被遗忘的国产相机。给相机去尘后，装上电池，发现相机竟然还能拍摄，我不由得一阵激动。于是，我有了用老相机拍摄的想法，而一卷传统胶卷是不可或缺的。我趁周末无事，去街头寻找昔日的彩扩店，才发现以前遍地都是的店面，现在却变得格外难找了。好不容易在购物广场找到一家，店面也是可怜的袖珍型的，生意冷清得很。可是，当我询问是否有胶卷卖时，等到的却是否定的回答。彩扩店里的年轻人还说："哥，都什么年代了，谁还用胶卷拍摄，那多费钱、费事。"而收银员小美女看我的眼神，好像在看一个大大的怪物。

后来，我到超市继续寻找胶卷，依稀记得，以前超市的胶卷堆成小山似的。我进了市内最大规模的超市，发现花车上堆着的都是日用品、时令食品，根本没有熟悉的胶卷。在超市的相机柜台，各种卡片机、单反机倒是令人目不暇接，然而唯独没有胶卷的影子。相机柜台的推销员态度很好，他建议我到照相器材专业店看看，或者直接选择在网上购买。我并没有采纳他的意见，倒不是担心专业店或网上没有，只是不想继续大费周章，而且，就算买回胶卷拍摄好照片，冲洗想必也不是件容易的事。

曾几何时，我们很轻松就能买到胶卷，却常常因为各种原因疏于拍摄，等到胶卷即将过期还没拍摄完一卷。而时下，当胶卷已然快要绝迹时再寻觅，多少有一些亡羊补牢的意味。其实，胶卷有点儿像旧情人，与其在渐行渐远后费力搜寻，不如在拥有时格外地珍惜。而失去后，就让那些记忆从容地沉入心底。

最不舍纸上墨香

童年家贫，父母除了供我念书，并没闲钱给我买书看。不过，还好，我每天都有一笔买早餐的钱，用来买热干面蛋酒、豆浆油条或者稀饭面窝。为了买书看，我开始精简了自己的早餐，后来甚至悄悄地彻底省掉了早餐。有了这笔钱，就可以买一些自己喜欢的书看，满足自己可怜的阅读欲望。虽然每天去上学时都饥肠辘辘，上课也是一种不小的煎熬，但是慢慢地便习惯了不吃早餐。

阅读是一件特别快乐的事，最开始纯粹只是想认识更多的字，很快就沉醉在文字编织的奇妙的世界里。很多时候，别的小朋友在户外玩耍，我却在家里安静地读书。邻居甚至说：“好好的小男生，俨然成了‘羞姑娘’，整天都躲在‘闺房’里。”在当时的我看来，有书香的房间，比外边的世界美得多。在房间里，我看了很多书，纸上的故事慢慢地铭刻在我心底。

念中学时，好多小伙伴去了市区念书，而我却留在了小镇上学。我们相约要鸿雁传书，分享各自学习和生活中的苦乐。每一封信都带着祝福，也带着期待，从邮路的这一边出发，抵达或近或远的前方。铺开信纸的时候，我们的心是那么平静，落笔之时，心潮澎湃，仿佛有万语千言。等信的日子是煎熬的，彼时邮递员只有绿色单车，车把手有丁零作响的铃铛，清脆的铃声响起的时候，一沓信就到了我们的校园和班级。拿到信，在教室一隅一会儿捧腹大笑，一会儿忧伤地皱眉，一会儿又恣意地笑开来。

有那么几年，流行通过报刊刊登交友启事，天南地北的小伙伴通过书信谈天说地，顿时有了“天涯若比邻”的感觉。我曾经也有许多笔友，大家生活在不同的地方，有不一样的生活际遇，却因文字把心聚得很拢。就算后来，慢慢地，大家都不再写信，联系过的人也少了联系，但永远忘不了当时书信里的墨香。时至今日，写信的人已经很少了，大家开始用更快捷的方式表达，人跟人的距离表面上近了，心跟心却有如咫尺天涯。

作为一个写作者，我也很怀念笔耕的岁月，灵感一来，随手的一张纸留下几句诗行，或者在笔记本上写一篇散文，或仅仅是一部小说的框架。笔由心走，每一个钢笔字都有自己的思想和温度，那些虔诚书写的时刻是不复重来的。有些文字变成铅字，被报纸或杂志选用了，许多陌生的读者会捧读、思考或默默赞许。

虽然电子书越来越普及，我还是喜欢读纸质书，也渴望出版纸质书。文字在网络里是冰冷的，作品在翻动的书页里，却有一种别样的质感。许多远方的读者机缘巧合买了我的书，或者在图书馆看了我的书，他们会分享自己的观后感。那么一点儿点儿的喜爱，便是对我创作的最好的回馈，给了我继续创作的勇气和力量。

不管是阅读、写信还是创作，我最不舍纸上墨香，多希望还能在纸上读到一些文字，交到一些朋友，写出几本好书。生活一路向前，我们会遗失许多传统世界的美好，最好的挽留不是叹息和怒吼，而是在本该珍惜的时候用心去对待，这样会将遗憾降到最低程度。

图书馆，一个温暖如初的地方

对图书馆的向往，驻扎在年幼的我的心底，可是故乡小镇没有图书馆，校园里也没有阅览室。最初接触到图书馆，是在课堂上老师的描述里，在常出差的老爸的嘴里，在一部海外的黑白电影里。于是，小小的我就有了梦想，希望有一天能离开小镇，去有图书馆的地方居住。

转眼，十数年的枯燥岁月掠过，梦想中的书香渐渐走近。那是我梦寐以求的象牙塔，有复古的教学楼，有参天的梧桐树，有清亮的池塘和安静的小亭……而最吸引我的是明亮而整洁的图书馆。图书馆有开放式的报刊阅览区，也有书架林立的书籍阅览区，每一本书都透着迷人的书香，每一本书都想捧起又舍不得放下。那一刻，曾经虚无缥缈的梦，都变成了明晃晃的现实，窗外投射而来的阳光是那么温暖，更增添了我心中的绚烂。

慢慢地，图书馆不仅成了我查资料的去处，就算平时偶有闲暇我也会前往，有时是清晨，有时是午后，有时是傍晚。图书馆仿佛从来不冷清，总会有人在安静地阅读，或者轻手轻脚地走动，寻找自己喜爱的书。不管是翻阅一本新出刊的杂志、一份当天送来的报纸，还是为一本看过数遍的名著驻足，那都是和文字的一次亲密接触，是一次心灵的遨游和飞翔。沉浸在文字的世界里，图书馆外的喧闹和尘嚣，都仿佛是非常遥远的事情，指尖的翻动和心间的快乐便是所有。

我曾经写过一篇小文《爱读书的女孩最美丽》："爱读书的女孩最美丽，有着花朵般的娇艳，有着红酒般的醇香，更有着普洱茶的芬芳；爱读书的女孩最美丽，这样的美丽不仅给人观感之愉悦，更给人心灵之悸动；漂亮的女孩容颜让人铭记一时，终会在岁月的长河中消磨最初的光彩；爱读书的女孩思想的积淀，必会有一种与日俱增的美丽，永不磨灭的美丽。"在图书馆，总能看到女孩们美丽的身影，她们静静地端坐一边，或者倚着书架入神地阅读，都是令人着迷的风景。不可否认，男生们向往图书馆，女孩们也有一份不小的功劳。

曾经看过一篇报道，窗明几净的杭州市图书馆，不仅不拒绝拾荒者、无业游民入馆读书，甚至还给他们提供许多便利条件。图书馆对入馆人员唯一的要求，就是洗净双手再投入书的世界里。与其说，这是图书馆的一种要求，倒不如说是阅读者虔诚的仪式。古人面对一本好书，也会先沐浴、更衣、点灯，然后才展卷细细品读。文字的世界是美好的，可以带领我们走进未知的领域，带我们在别人的故事里悲喜，也可以让我们穿越喧闹安静地思考。

其实，图书馆不仅给我们提供知识的补给，还是我们心灵疗伤的好地方。炎凉世态、厚黑商界、宫心职场，我们免不了会受伤；事业的挫败、情感的风波、灾难的来袭，灰色情绪常常会扑面而来。图书馆如夏日的凉风、冬日的暖阳，又如和蔼的老人、贴心的知己，总能安抚那些受了伤的心灵。图书馆是人生的避风港，是人生的小驿站，是人生的加油站。一本书、一张桌椅、一缕书香弥漫的房间，就可以收纳、包容和化解所有的伤痛。

阿根廷诗人赫尔博斯说过：如果有天堂，应该是图书馆的模样。不难看出，诗人是那么情牵图书馆，甚至希望天堂里都有书香，有代代流传的优美的诗歌，有不会被时光抹去的文字。其实，图书馆更是一座没有围墙的学校，当我们离课堂越来越远，离书本越来越远的时候，只要愿意回归就可以温故而知新，只要愿意投入便可以再次充电，只要愿意出发就可以再次到达。

图书馆是一个温暖如春的地方，不管我们去过多少地方，走过多少山水，也不管我们是年轻俊美还是满脸沧桑，它随时都会包容、接纳和滋养我们的心灵。

怀念一个没有去过的地方

一直以来，我对湖北潜江有着深深的向往。理由有三：一是潜江的园林青酒曾经风靡一时；二是潜江是著名剧作家曹禺的故里；三是潜江的小龙虾让人垂涎三尺。

最近，我和知名美食作家方八另前往潜江，有了一次“游曹禺故里，品生态龙虾”的机会。园林青酒的痕迹早已淡化，和曹禺先生有关的文化气息随处可以感受到，而更来势凶猛的是小龙虾的盛行。

说来，小龙虾盛行不过二十多年的时间，但是潜江小龙虾的影响力与日俱增，俨然成为一张全新的潜江名片。与潜江相邻的仙桃、天门潜心把蒸菜发扬光大，而潜江却因小龙虾产业获得了更多的关注和赞赏。

我和方八另前往老字号“虾城品虾”。据悉这是潜江城最早的虾店，也是唯一用老字号直接命名的虾店。我们很早就听闻，潜江小龙虾有二十五种吃法，而最常见的其实是三种：油焖大虾、蒜蓉虾、蒸虾。这一次，老字号虾城选用上好的清水虾，为我们烹调出这三种吃法的虾。

虽然潜江的小龙虾早已遍布武汉，在方八另生活的长沙也随处可见，但是在潜江品虾的感受还是与众不同的。比起市场上的小个头虾、不新鲜的虾，甚至死虾，我们吃到的虾是生龙活虎的小龙虾。而虾城的师傅更熟悉小龙虾的做法，做出的不管是油焖大虾、蒜蓉虾还是蒸虾，无疑比武汉的虾更可口、更入味、更滋味绵长。

方八另说他更喜欢重油入味的油焖大虾，随行的女伴则更喜欢香味宜人的蒜蓉虾，而我更爱原生态、无佐料的蒸虾。那无滋无味甚至连盐都不加的蒸虾，入口弹劲十足又清香无比。这让我体味到了一种本真的味道，而留在口腔里的是幸福和满足。

据虾城老板说，蒸虾好不好食材最关键，越简单的料理方法越考验食材的品质。显然，吃到优质虾也是我和方八另舍近求远，来到潜江品虾的初衷和动力。人可以远涉重洋，虾可以漂洋过海，而最真实、最深刻的滋味，却永远留在最初的地方。总有一些美食，我们跋山涉水也愿追寻，那不仅代表了一个吃客的执着和疯狂，更是对美食最大的敬意和热爱。

曹禺在他的名篇《我是潜江人》中写道：“我从来没有到过潜江，但是，近八十年了，我认为我是潜江人。”曹禺跟故乡的关联，就像我们跟美食的关联，那是无法轻易被切断的。作家邓一光一本书的书名为《怀念一个没有去过的地方》，我想应该会有很多跟我和方八另一样的人怀念潜江，并最终欣然抵达。

你也可以有说走就走的旅程

我们有一帮文友，没事就爱泡在本地论坛的文学版，在上面发表自己新创作的小说、散文或诗歌，然后等待大家的各种赞、拍砖或者一些中肯的意见。

论坛经常组织线下活动，有的活动就在本市举行，有的活动会在省内的某些风景点举办。论坛对大家很好，活动都是免费举办的，不会收大家一分钱，还会管吃、管住、管行，并赠送纪念品。当然，文友们不管去哪里，回来都是要完成作业的。所谓“作业”，无非是参加活动的种种感受，更少不了对活动承办地的赞美。通过我们的描绘，许多知名的风景点更有光彩，一些无人问津的地方，慢慢地成了游客休闲踏青的新选择。

跟着组织走，自然有各种好处，游得开心，也游得省心。

然而，凡事有好的一面，必有坏的一面，比如论坛选的地方多是些无名景点，吸引力并不是那么大；自己想去的地方抢不到机会，只能眼睁睁地看着别人晒幸福；每次都有作业，有感要发无感也要发，笔不由心也是一种痛苦。慢慢地，大家开始向往一种状态——一次说走就走的旅程，去走自己想走的路，抵达想抵达的远方。

大家建了一个独立的群，不时地在群里讨论旅行的计划，只忠于自己的内心，不讨好谁，也不为谁服务。很快，大家有了第一次自发的行动，目的地是城郊的某个村子。原来，群主母亲的生日快到了，大家相约着去看老母亲，从城市的世界转换到乡村的空间，也想好好品味下农家生活的别样风味。

老母亲有了一个别开生面的生日，儿子和儿子的朋友带着礼物而来，用土锅土灶做最美味的食物，甚至还唱起了老母亲熟悉的歌。老母亲乐得合不拢嘴，文友们也乐不思蜀，都觉得比之前任何一次线下活动还开心。临走时，文友们挨个和老母亲拥抱，还相约下一次再来。老母亲的笑容，比许多的风景都美，都让人难以忘怀。

这一次，没有谁给文友们布置作业，也没有非发不可的汇报帖。然而，大家创作的热情分外高，有的人发一组小诗，有的人写一篇千字散文，还有的人亦图亦文分享心情。有网友看了大家发表的作品，非常认真地说："若不是真正热爱乡村，憧憬简简单单的乡村生活，怎么能写出这般活色生香的文字？"

后来，大家开始有更多自发的行程。就算要自己租车子、备零食和水、分担出行的费用，大家的劲头也格外的足，仿佛每次旅程都是一次节日。论坛的管理员私下问我们：“论坛为大家组织的活动不好吗，为什么非要这么辛苦自己？”这时，我告诉管理员：“没有什么比说走就走的旅行更快意的，当我们拥有了自己向往的一段旅程，我们的心和我们的笔才能真正地解放，最终让我们收获最真实的自由和美好。”

夏日乍到，暑假未至，趁旅游高峰期到来之前，大家又去了一次庐山，观瀑布、看景观、享清凉，又是一次说走就走的旅行，又留下了满满的欢声笑语和诗情画意。至于下一站在哪儿，我想只有我们的心知道，只有我们的脚知道。不过，不管大家选择了哪里，都会是最真诚的选择。

人生的道路上我们总会受到这样那样的束缚，不是每次都能去想去的地方。然而，我们仍然有机会找回自己，拥有说走就走的旅程。花自己的钱，约最要好的伙伴，不管目的地是高山还是大海，是现代都市还是古朴小镇，出发就是一种畅快，抵达便是一种完美。

幸福是什么

幸福是什么？幸福或许有不同的呈现形式、不同的故事或精彩。然而，简单点儿来说，幸福其实就是心底的一抹甜、一丝暖或者一份不惧风雨的坚定、勇敢和乐观。

拥有幸福是一件快乐盈心的事儿，幸福的我们可以欢欣地看花开看潮涨，也可以淡然地看花谢看潮落。只要心中带有幸福的滋味，所有的日子都能安然走过，每一段历程都有满足与惊喜。

可是，幸福并不总是触手可及的，幸福有时候高挂天际，有时候在午夜梦回。幸福的正面是阳光、花香或温暖的脸，而幸福的背后是阴雨、凋零和流着泪的脸。有时候，幸福离我们很近很近；有时候，幸福离我们很远很远。有时候，幸福是属于别人的天涯咫尺；有时候，幸福是属于我们的咫尺天涯。

当幸福成为一种传说，或是远方不可取暖的火堆，或是沙漠中虚幻的海市蜃楼，或是靠得近、抓不住的匆匆的一场梦，我们开始寻觅抵达幸福的途径。通往幸福的路有千万条，或许一瞬间我们就来到了幸福的面前，却敲不开装着幸福的那扇门。原来，幸福是装着防盗门的房间，抑或是有着密码的保险柜，不是想进就能进，想开就能开的。

阻挡我们走向幸福的是密码，密码或许是专属的指纹或温度，或许是一组无法破译的数字。然而，幸福有的时候却又很简单，简单到只是123456、888888……其实，寻觅幸福、拥有幸福，需要的只是一颗善良的心，一份走向明媚的信心和决心。

时下的年轻人常说，爷爷奶奶辈或爸爸妈妈辈大部分是靠父母之命、媒妁之言走到一起，却常常能相扶相携走过漫长一生，然而当今自由恋爱的男女却总是闪恋闪婚，轻易就分道扬镳，不再相信爱情、相信幸福。过去年代的婚姻在坚守中历久弥新，细水长流地走过更多的岁月，而当下的爱恋仿佛骤然开放的樱花，在短促的花期中就凋落了。其实，并不是爱情的保质期太短，而是我们忘却了幸福的密码，除了享受心动时的甜蜜，还要有不轻易变迁的专注以及对爱的责任和信仰。

幸福是纯粹的坚守，幸福是长久的坚持，幸福是不愿意放开那最初牵着的手，幸福是日月变幻后还没忘却最初的方向。

给看房找一个理由

初识时，她是一家房地产公司的工作人员，他是一名普普通通的业务员。他们本来在城市中两个不同的坐标游移，有一天，他遇到了美丽的她，她也遇到了帅气的她。不经意的交会擦出了爱的火花，爱的火花一旦点燃就开始蓬勃发展，让两颗心都滚烫烫的。

滚烫的爱最终走向了温馨甜蜜的婚姻，哪怕他们没有属于自己的房子，仅仅是租了城中村的一间小小的旧房子。后来，她怀上了宝宝，就从繁忙的工作中脱离出来，安静地在家里待产。而他顶住生活的压力，用自己不懈的努力，为她和未来的孩子打造一片天空。

有了孩子，她和他的感情依然浓烈，他们有时间就去公园散步，去湖边看老人钓鱼，或在夕阳里踩着单车唱歌……

然而她还是很留恋以前的工作，那已经植入了她的生命。她时常会拉他去看城市里的商品房，一栋又一栋的楼房拔地而起。许多楼盘的开盘现场，总会有她和他的身影，他们看鲜艳的宣传册，领开发商提供的各种礼品，却没有认购的能力。他深深地爱着她，也一直顺着她的意思，去不同的开盘现场观摩，只是希望她分分秒秒都开心。

渐渐地，他和她对城市的新房子了如指掌，仿佛他们是一个急于换房子的买主。可遗憾的是，他们依旧没有能力买房子，他们每月的收入勉强应付着房租和生活费。拥有一个属于自己的房子，在阳台上种花、在木地板上下棋，或者在书房里阅读，都只是可望而不可即的梦罢了。总有业主欢天喜地地购房，总有一个又一个新家在创建，但那不是属于她和他的精彩。

随她看房的次数多了，他的心情越来越沉闷，仿佛暴风雨前低沉的天空。他和她去看房的次数越来越少，彼此之间的隔膜却在悄悄地递增。终于，他在一次看房后，让自己藏了很久的郁闷得以发泄。她幡然醒悟：他的心在频繁的看房中受到了不小的伤害。他认为她是在刺激一事无成的自己，那些在眼前游走的买房的业主，示威般挑战着他的自尊心。

一周、两周、三周，一个月、两个月、三个月，他和她再也没去看房，所有的空暇都僵在家里，彼此都不说什么话，开着的电视总停在一个频道。他知道，这不是他向往和追求的生活，这不是他和她应有的状态。可是，他真的不想再去看房，当那些房子还只是海市蜃楼，他不愿意一次次接近。

一次，他无意中听到她和朋友的对话："要他带我去看房，并没有别的意思，只是想亲近家的味道，也给他一种奋斗的动力。当然，没有房子不代表家并不存在，但是拥有自己的房子，其实不也是他的梦吗？不管这个梦离现实有多远，实现这个梦又需要多少时间，我都愿意和他携手向前。"

他头顶的阴霾终于消散，不再对她横眉冷对。他开始带她去看房，在各个楼盘开幕式现场流连，亲近一个个美丽的新建小区。虽然闹市区的房价还是很惊人，但是近郊或远郊也有便宜的房子，他数着家里存折上的数字，盘算着什么时候可以攒足首付，用分期付款的形式拥有一个家。

她的脸上有了灿烂的笑容，而他每一个进取的脚步也更加有力量，爱也在经历过"倒春寒"后，重新有了持久的温暖。

愿你拥有一份骄傲的任性

“梁朝伟有时闲着闷了，会临时中午去机场，随便赶上哪班就搭上哪班机，比如飞到伦敦，独自蹲在广场上喂一下午鸽子，一言不发，当晚再飞回香港，当没事发生过，突然觉得这才叫生活。”这是多年前的一条微博，梁朝伟喂鸽子的段子，让许多人羡慕嫉妒恨，也让很多人突然发现，比名利、财富，更让人值得骄傲的，是骨子里的那份任性。

很多人会说，梁朝伟是大名鼎鼎的影帝，要钱有钱、要名誉有名誉、要地位有地位，完全有资格来一次次说走就走的旅行。而我们只是忙碌的平凡人，生活中，有着纷至沓来的重担，有着扑面而来的压力，不管是万里之遥的英国伦敦还是不远处城郊的农庄，都不是可以说去就去的。话说得貌似很有道理，然而，我们真的忙得到了日理万机的程度吗？

很多时候，我们并不是忙得团团转，只是我们深陷无谓的忙碌中，习惯了工作和生活一团糟的模样。

可是，我们常常看到，许多事业有成的人，却显得那么悠闲和任性。这并不代表他们不再忙碌，只不过他们一边是奋不顾身的工作狂，一边却是最懂得休闲乐趣的人。忙，并不是我们舍弃休闲的理由，休闲不应该是忙里偷闲的匆忙，而是劳逸结合的从容。懂得休息的人才懂得更好地工作，最好的职员是工作时全力以赴，而不是在加班时间拼劲十足。永远都在忙的人，工作时间忙，休息时间也忙，他不是刻意地装作忙碌的样子，就是做事效率格外低，不值得提倡和效仿。

曾经有一封辞职信很火爆，是一位老师的辞职信，只有短短 10 个字："世界那么大，我想去看看。"一分诗意，几分潇洒，如此文艺范的辞职信，获得了一大片叫好声。叫好之后，也有很多人为这位老师担忧："看完了世界，难道你就不要生活了？"比起一份安稳的工作、一个看得见未来的前途，外面的世界再好，也抓不住芸芸众生的心。殊不知，这一眼就看得见底的人生，该是多么无趣和乏味，人生也因此黯然失色。

或许有人说，等到功成名就之时，我也有潇洒走四方的勇气。可是，并不是每个人都会迎来梦寐以求的成功，大部分人都是庸庸碌碌地过一生。就算成功，一千个人也有一千种模式，人最难的并不是认可别人的成功，而是对自己发自内心的那份赞许。我们总是在奋斗，而奋斗是没有止境的，最终我们输给的不是自己的不努力，而是输给了本应更合理运用的时光。

很多初出茅庐的青年，他们拥有的是完全未知的未来。就算他们没有多少积蓄，也能无惧无畏地去拥抱充满神秘风景的人生。他们明白穷游是一种快乐，这种快乐不受当下的清贫的影响，只和内心渴望的自由息息相关。不用去想未来会如何评断这一段疯狂的人生，任性就是青春最大的骄傲和资本。走过的路，不仅会被行走的脚步记录，也会沉淀在成长的岁月里。

有这样一则广告：只要半个平方米的价格，日韩新马泰都玩了一圈；一两个平方米的价格，欧美各国也回来了；下一步只好策划去埃及、南非这些更为神奇的所在；几年下来，全世界你都玩遍，可能还没花完一个厨房的价钱；但是那时候，说不定你的世界观都已经变了。生活在于经历，而不在于平方米；富裕在于感悟，而不在于别墅。报纸也报道过，一对退休的老夫妻卖了房子环球旅行，去了一辈子想去却没去的地方。那是何等潇洒畅快的人生，那是何等任性的心灵释放！

不管是谁，不管在怎样的年纪，拥有怎样的艰难或辉煌，都可以让自己的心拥有骄傲的任性。愿你拥有一份骄傲的任性，愿你在高速旋转后可以安静地小憩，愿你能够永远自由地行走或无拘无束地飞翔。

把日子过成自己想要的样子

十几年前，我们聚在一个全国性撰稿论坛，有事没事就发发帖、灌灌水，或者看帖打发时间。蔷薇是个大家都喜欢的女孩子，在论坛给我们带来许多欢喜，她的口头禅便是“把日子过成自己想要的样子”。

大冰文采飞扬，每次分享的文章都会收获一片喝彩声，那些文章还发表在许多重要的报刊上。渐渐地，大冰在论坛里的人气越来越高，许多网友甚至成了他的粉丝。最开始，蔷薇总爱回大冰的帖，大冰也爱跟蔷薇互动。后来，蔷薇和大冰转为“地下活动”，联络得就更加紧密了。直到他们传出婚讯，我们才惊讶地发现，论坛里的第一对有情人产生了。

当时，蔷薇在北京有一份月薪过万的工作，有大好的前途。说到大冰，他有一位分居长达八年的妻子，若不是为了孩子成长早就离婚了。蔷薇为了和大冰在一起，不仅辞掉了北京的好工作，还让大冰净身出户，结束了和前妻的那段早已貌合神离的婚姻。

很多人都说："蔷薇，你这是何苦？大冰不仅比你大十几岁，除了会写几篇文章什么都不行，现在连房子和存款都给了前妻，你还图他什么呢？"蔷薇淡然地回答："我选择大冰，只为欣赏他的才华，那些外在的物质并不重要，靠努力都可以创造。但是爱却不一样，选择自己爱又爱自己的人，那才是我想要的。"

蔷薇和大冰过得很幸福，蔷薇用存款按揭买房，还把房子进行了精心的装修，而大冰就负责每月的房贷。很快，他们有了个可爱的儿子，幸福的日子仿佛跟蜜一样甜。除了大冰的文章，蔷薇分享的自己的小日子，也是论坛网友交口称赞的。

可是蔷薇和大冰的儿子还在念幼儿园，他们的感情就出现了一些问题，好像并没有什么严重的争执，但是沟通的顺畅早不及从前了。有一次，蔷薇发了帖《当日子不再是自己想要的样子》，不过大家都还没好好看，帖子就被蔷薇秒删了。

后来，为了追求自己真正想要的日子，蔷薇带着儿子离开了大冰，成了一个独立的单亲妈妈。有几次文友聚会，我们见到蔷薇，蔷薇就像逆生长一般，越活越年轻，也越活越开朗，完全不像别的失婚的女子。有文友就说了："蔷薇就像阳光一样明媚，永远都追着阳光跑，活出了属于自己的灿烂。"

有几年，我们完全没有蔷薇的消息，蔷薇就像失踪了一般。再得到蔷薇的消息，是通过微信，其中有了好几年的空白期。通过蔷薇发的朋友圈，大家发现她带着儿子去了遥远的澳洲，而且还找了一个高大英俊的老外做先生。蔷薇还发过一段话："这里时间过得慢，一份快递要走上几天，也没有国内的大城市繁华。但是有儿子、有杰瑞、有最向往的宁静日子，我想这就是我要的全部的美好。"

没有一个人的日子是一帆风顺的，只要朝着光亮无畏地奔跑，心里永远怀着对美好日子的向往，就总能把日子过成自己想要的样子。很多时候，并不是我们没办法抵达或拥有，只是我们的心总在不停摇摆，常常不经意就弄丢了初心，弄丢了最简单的愿望，才让自己迷失和不快乐。

最美的景致，在乐观明媚的心底

许多年前，那个叫“高山”的论坛还在，我们在那里贴新创作的诗文，然后没完没了地回帖交流。那时候网吧的上网费不贵，时间过得也很慢很慢，快乐仿佛就在挥舞的指尖跳动。许多个下午或晚上，我哪个朋友都不约，哪个地方都不去，就泡在那个熟悉的论坛里。

锁柔是论坛里的长沙网友，她最喜欢的是现代诗。记得有一次，锁柔说：“不是我们的诗写得太快、太多，而是一路上有太多绚丽的风景，我们除了用双眼摄下最美好的瞬间，便是用这些分行的诗句来记录。”那时候的我在江城武汉，锁柔在星城长沙。我总能想象一个诗一般的女子，在岳麓山下、在橘子洲头、在火宫殿前行走着，那山、那水、那来来去去的路人，都是她眼底绚烂的风光，也是她诗情最初的萌发点。

后来，锁柔在论坛里找到了自己心仪的另一半，一个同样爱写现代诗的男生，和我生活在同样的城市——武汉。网恋的日子是甜蜜的，也是煎熬的，那些无法相见的日子，让锁柔和恋人饱受相思之苦。当初的列车没那么快捷，每一次的相聚都是一趟漫长的旅途，短暂的相处换来的是久长的眺望。不管是锁柔来武汉，还是恋人去长沙，相见是百花齐放般的灿烂，分别却是梨花带雨般的伤感。可是，锁柔却说："这段不长不短的旅途，其实也是一条爱的旅途，车厢外倒退的风景是最美的，穿越的山川和河流是最美的，甚至苍白的天空也是最美的。"

当锁柔和恋人的恋情趋于稳定，便开始商量择一城终老。锁柔听从妈妈的话，希望恋人能够去长沙发展、安家，而武汉是恋人梦想和事业开始的地方，他希望锁柔能够"嫁夫从夫"。有过好长一段时间的纠结，甚至在网聊时红过眼、流过泪，唯独没有出口的是那句"分手"。气氛紧张时，锁柔甚至说："爱情，有时候让人的心很热，无望的未来，又让人的心很冷。"不过，每一次聚首，又让她的心底倍感甜蜜，"一路上有你，便是最美最美的山和水，便是最美最美的花和月。"

几年后，锁柔终于说服了家人，也说服了自己，从熟悉的长沙来到陌生的武汉生活。当所有爱的障碍不复存在，那一段熟悉得不能再熟悉的旅途，因为收获祝福而变得花团锦簇。不难想象，当锁柔回首来时路，内心一定百感交集、五味杂陈，而更多的还是感恩和甜蜜。没有岁月可以回头，或许依旧行走着熟悉的路，可是在时光流转之后，再也不会是当初的心情。然而，只要怀着恬静的心情，每一条路都是快乐的路，每一次的行走都会有新的收获。

成立了小家庭，锁柔和先生住在租来的房子里，生活过得极度的俭朴。锁柔的家离单位虽只有三站地的距离，中途却需要倒一次公交，她舍不得花钱乘车，每日都步行来回。当我们和锁柔见面，难免会有一丝丝的心疼："你可以像先生一样乘车上下班，天天步行那么远岂不是太辛苦？"锁柔笑着说："他的单位远，必须乘车，我离得近，步行不仅省钱，还可以锻炼身体。"她的眼睛是清澈的，仿佛那一路上没有苦，有的只是说不尽的甜。

慢慢地，锁柔的日子过得越来越好，在高大上的住宅小区买了房，又买了一辆代步的小车。上班的路途变得轻松了，那些在尘土飞扬的马路上奔波的日子，转眼成了遥远的记忆。在朋友圈，锁柔很少晒昂贵的服饰和耀眼的钻饰，但是一到节假日却闲不住，不是自驾去城郊采摘橘子或草莓，就是去周边的景区划船、暴走或登山。锁柔还在朋友圈说："行走在路上的快乐，是任何奢侈品都无法给予的。"

我们的人生之路，不管是畅顺的还是艰难的，总会有最美的景致出现。它不仅在呼啸而过的路途上、风景优美的旅程中，还在我们坚定不移的步伐里、我们永远乐观明媚的心底。

第二辑

最好的友谊，不是我住在你的朋友圈

就算那双熟悉的手再也握不到，问候再也无法抵达，最要好的朋友真的渐行渐远，也一定要记得把他（她）放在心底，放在最纯洁、最坚固的角落。不管他（她）在不在身边，在不在朋友圈，他（她）总有一天会回来，友情也还是最初的模样。

你好，“附近的人”

微信上，有“附近的人”这个选项，让我们可以看到许多周围的美女和帅哥。有时候，我也会查看这些人的信息，去感受周遭的人不一样的生活、不一样的精彩。可是，我没有勇气去联系“附近的人”，毕竟我不是一个善于交际的人。媒体也常报道“附近的人”里有许多不三不四或者心怀不轨的人，这让我更加不敢贸然地去接近他们。

然而，时间久了，我开始对“附近的人”感兴趣。“附近的人”，不就是我身边的同僚、隔壁公司的同行或者小区里的邻居吗？我们每天和“附近的人”擦肩而过，大家各自拿着手机百无聊赖，却从来不试着互相沟通。本来我想走出这一步，最后却总是输给不够大胆。

第一次有人加我，是楼上那家牙科医院的男医师。看他的朋友圈，才二十出头的年纪，却拥有非常精湛的医术。其实，我以前也见过他，只是个穿休闲装的小青年。想不到，他穿制服的时候很帅，嘴角的酒窝也很可爱。他跟我说：“大叔，我喜欢你发的那些鸡汤，每一句都给了我很大的力量。通过‘附近的人’加上你，是不想错过你的每一个金句。”其实，那些句子只是我的有感而发，或者从已出版的书籍里挑选的精彩片段。但是，没有什么比有人欣赏更让我快乐，更何况他竟然就在我身边。我很高兴认识这样的朋友，也愿意分享自己更多的心得。当然，有可能的话，我也想请他喝杯酒，听听他的故事。

还有一次，有个很漂亮的女孩加我，头像是很萌很萌的模样。原来，女孩母校的一个孩子得了白血病，需要很多治疗费。她微信加了很多认识或不认识的人，自然也没忘记加上“附近的人”，希望大家都能参与募捐。生活中，每天都有各种各样的募捐活动，大部分多少和我们有那么点儿关系。像女孩这样盲目地找陌生人求助也见过，但是通过“附近的人”来求援实在少见。对于素昧平生的求助者，我们常常心有戚戚，却又没有太多能力去帮助。可是，女孩说得情真意切，又念起近在咫尺的距离，没准哪天就擦肩而过，我的同情心瞬间爆发了。后来，募捐结束了，我和女孩成了不错的朋友，经常约着见面、喝茶或唱歌。缘分不管从哪里开始，只要带着善意和真诚，总能抵达美好的远方和未来。

去年春节前夕，小区有位独居老人要搬家，从某栋六楼搬到另一栋的一楼。小区的房子都是小高层，没有电梯，而且两栋楼相距甚远。我找来朋友的面包车，但是还需要人帮忙搬东西。打了几个朋友的电话，他们都早早地回家过年了。正当我拿着手机毫无办法时，想到了找“附近的人”来帮忙。第一个人知道我加他的用意后回复说：“哥们儿，微信可不是这么玩的，你要找人搬家去劳务市场吧。我只想认识附近的美女，可不是你这样的慈善大叔。”还有几个人直接拒绝了我，不过还是有三四个人加了我，其中一个人还带了两个朋友来帮忙。当老人得知我只是摁了几下手机就找到几个陌生人来帮忙，顿时瞪大了眼睛。新世代有新的生活模式，但是心底的柔软和美好，却是永不褪色和永不改变的。

“附近的人”不仅仅存在于手机中，也在我们的现实世界里，只要我们愿意去接近、了解，说不定能开启一段新的缘分和人生。或许有时我们应该忘掉“不和陌生人说话”的告诫，大声地说一句：“你好，‘附近的人’！”

风会记得一朵花的香

去过很多城市，漂泊的日子很苦，思乡的心潮很澎湃。家是无法割舍的记忆，那里有我的父母、亲戚和邻居。可是，家不是说回就能回的，火车票不好买，拥有回家的票根，并不是一件容易的事。

回家的日子是快乐的，快乐的日子也是短暂的。赚了钱的年轻人回了家，不是三五成群地吆喝着去游玩，就是聚在一起豪饮一番。有的人开开心心回家，却没有给父母孝敬几个钱，甚至返程都要家人来接济。年假本来就不长，喜静的我更愿意窝在家里，陪母亲择菜、剥花生和拉家常，或者摆棋盘和父亲来两局。

那些年长的亲戚我一定会去上门看望，自家叔伯兄弟也会聚聚聊聊。也会去邻居家串串门，都是在一起住了几十年的乡邻，跟我的父亲和爷爷都很熟识。见我回家，他们都很高兴，有人递烟，有人塞糖，有人拽我上饭桌。那种乡里乡亲间淳朴的感情，让我在寒冬腊月或正月，周身都感受到阵阵暖意。我会将从远方带回来的食品，分给邻居家的奶奶、阿姨和孩子们，不抽烟的我也见人就派烟。更多的时候，我和邻居们在门前的街道上聊天，大家随意地聊聊生活、聊聊梦想、聊聊国家大事。

儿孙满堂、四世同堂，那是人间最美的画面。有些邻居家的老人，盼不回自己的孩子，只能冷冷清清地过年。有的老人，一生坎坷，无儿无女，节日的欢庆更是映衬了他们的落寞。年轻人不太登他们的门，说跟老人没什么共同语言，也怕老人言语太多收不住。细想想，其实我也算见证过他们健壮的中年，他们都曾经是一棵伟岸的大树。谁又不会老呢？谁又不会面对晚年的寂寞？我想他们也需要一些关怀和慰藉。我能做的不多，就是去找老人们闲谈几句，或者帮他们换个灯泡、修个水龙头。

岁月不饶人，每一次我归来，都会看到那些老人越来越老。有位邻居老人博学又幽默，我们每次的谈话都很愉快，我总觉得自己能学到很多东西。可是，等我有一次回家时，却发现老人已听不到我的话，我将声音提高了些，老人依旧微笑不语。老人的儿子告诉我：“我爸失聪了，你说什么他都听不到。”虽然没有机会和老人多交往，但是我偶尔还是会去陪陪他，而他总是一脸慈祥的微笑。

后来，我回省城了，也成家立业了，父母也跟我在一起生活。回老家不过两个多小时的车程，但是没有特别的事情也不会往回走，就算到了春节，一家人也在慢慢熟悉的省城安定下来。我终于也相信了那句话，总有一天，故乡也会成为远方，而远方却成了我们的故乡。

几年后，父母选择回老家生活。等我回到家乡，那些乡邻依旧对我热忱满满。等年轻的乡邻散了，那些老人们也过来了，他们没有太多嘘寒问暖的言语，就像是看自己的孩子、孙子一般，欢喜地说："回来了，回来了就好。"那位失聪的老人也远远地对我微笑。母亲说："老人后来中过风，记忆都没完全恢复，竟然还记得你。"我用力地朝老人挥挥手，老人像是我的家人，也像是我的朋友，他不会忘记我。

作家丁立梅在一篇文章里说，这世上，总有一些人记得你，就像风会记得一朵花的香。有时候，我们并不是真的要谁记得，而友善是心头的一丛花，花的绽放自然而然，就像风的来去从从容容。

彪悍的人生不需要点赞

“老路家的孩子真不错”，这句话曾经贯穿了我的童年。最初听到时内心总有小小的得意。后来我慢慢地发现，其中客套的成分远远大于真诚。我悄悄地告诉自己，我不是传说中“别人家的孩子”，我只是简简单单的自己。我开始不管那些随便说说的赞美，而是埋头打理自己的少年时光。不管那些赞美是否响在耳边，反正它不再落入小小的我的心底。就算偶尔被大人硬拽着，摸摸头，竖个大拇指，我也只是笑而不语，并没有太多的骄傲和得意。

在学校，有些人得到的表扬总是特别多，比如竞赛拿了一等奖，见义勇为扶老奶奶过马路，上公开课时出色地回答了很难的问题。而我属于不起眼的那个，成绩中等偏上，平时表现得中规中矩，从不迟到早退，按时交作业，连做操插队的事都没干过。但是，我也没有太多英勇的表现。学习上从没打算头悬梁锥刺股，也没有凿壁借光的想法。坦白地说，我对自己也很满意，这就是我要的状态，没有表扬还真没什么。

进了职场，三天两头开会。无非是那老三样：总结、批评和表扬。每次总结过后，老板都会板着脸批评人，很少有人不挨批评，不是被老板揪出来直接训，就是在一边“躺着也中枪”。如此情景，得到老板的肯定，还真不是一件容易的事。我挨过老板的两次骂，得到肯定的次数更多一些。老板在会上捧你，你也只能低头听着，不能显露出太多喜悦。不管是被骂还是被赞，未来的工作还是你的，如果你被赞得晕头转向，那你就真的输了。

后来，点赞开始流行于网络，最早始于新浪博客的“顶”，后来“顶”又变成了“喜欢”，一篇博文发出总有好多“顶”或“喜欢”。而点赞最早出现在 QQ 空间，接着是在微信，突然之间，点赞就成了一种习惯，更是很多人口里的“美德”。渐渐地，点赞成了衡量友谊的一个标准，不管彼时你想点还是不想点那个赞。更荒谬的事情还在后头，集赞成为网络里的潮流，点赞不再是人们由衷的选择，而是沾染了太多功利的元素。

其实，人生是我们自己的，一往无前地努力就好了，没有谁会为了别人的点赞活着。“求求你，表扬我”，那只是电影里的桥段，彪悍的人生不需要点赞。我们只要珍惜每一寸光阴，在应该奋斗的年纪绝不选择安逸，一直都带着最初的梦想跋山涉水，这就够了。如果有谁想点赞我们的人生，希望他们能够“点”在自己心底，最不动声色的赞美，也是交际中最滋润人的养分。

那些栀子花香的下午

彼时，我在一所高校门前的小店工作，关于未来还没有太多的愿景，日子过得波澜不惊，却也有几分淡淡的惬意的诗情。

店里的顾客大多来自高校，也有一些附近企业的职工。或许受象牙塔气息的熏陶，来来往往的顾客都很谦和，没有人随意地大声说话，更没有谁为什么事吵个不休。忙的时候想停也停不下来，闲的时候可以枯坐一个下午，店外的那一小片天空，还有对街粗壮的香樟树，仿佛就是全部的风景。

不记得从哪个下午开始，大概是午后三点多钟的样子，阳光还会斜斜地射进店里。店外的屋檐下，站着几个女孩子，有时候是两个，有时候是三个，也有时候是四个，却总有一个身材高挑的女孩。通过她们叽叽喳喳的交谈，我知道，她们是附近企业的员工子弟，在高校附中念高中，厂里的车随后会来接她们回家。

谁都知道，等待的过程是乏味的，可是她们却乐在其中，仿佛那午后的阳光，就是最好的慰藉。她们的话声声入耳，偶尔我也跟着会心一笑，仿佛我跟她们在交流一般。后来，我笑着对高个子女孩说："店里没人，你和你的同学可以进来休息。"她们就笑嘻嘻地拥进来，一边好奇地打量店里的陈设，一边坐在大厅柔软的沙发上，继续之前未聊完的精彩话题。

同事们忍不住提醒几句："这些女孩子又不是我们的顾客，你让她们占用大厅的沙发，会不会引起老板的反感？"我笑着说："就几个候车的女孩子，很快她们就会随厂车离开，我想老板也不会责怪吧。"

有时候，我会给她们倒几杯纯净水，或者拿最新的时尚杂志给她们看。一次发了工资后，我特地去买了水果，还拿了一些好吃的坚果让她们吃。对于我的安排，不管是高个子女孩还是她的同学，都有一点儿意外。但她们还是笑着接纳，仿佛接纳了一个朋友的心意。

她们再来时，人还没进店，清新的栀子花香便"飞"了进来。原来，她们捧着新鲜的栀子花，年轻的笑容仿佛也带着花香。厂车驶来时，高个子女孩留下了几枝栀子花，那个下午我们一直沉浸在芬芳之中。我的同事和店里的顾客都说："有花香的下午真的是与众不同。"

后来的许多个下午，高个子女孩都会带来栀子花，那仿佛成了她的“标配”。不知是有意还是无意，临时走，高个子女孩都会留下几枝栀子花。于是，我们的小店拥有了许多散发栀子花香的下午，这让本来就写意的小店时光，增添了一种青春散文诗般的感觉。

慢慢地，栀子花的花期结束了，女孩们再也没来过店里。或许是厂车不再接她们，或许她们换了等待厂车的位置。我虽然有一点儿怀念那些美丽的下午，但是也没有追寻她们“下落”的想法。

其实，人生是一次又一次的遇见，每一次遇见或许是永恒的故事，或许只是人生小小的插曲。我们的友善、真诚，就像是那一季的栀子花，栀子花香不仅芬芳了自己，也芬芳了我们遇见的人，最后芬芳了整个世界。

就算花期过了，花香也不会真的消失，它会长长久久地留在我们心底。

擦肩而过，两两不忘

不是每个人都能进驻我们的生活，不是每个朋友都一直陪在我们身边，不是每一次孤独都有人来与你推杯换盏或温暖相拥。总有些人，相遇了，交心了，最后却是分道扬镳，直到远得彼此都无法相望。

我曾经在一间彩扩店打工，老板和对面一间餐馆的老板相熟，就安排我跟餐馆的厨师、服务员一起进餐，只收我非常少的费用。餐馆的生意很红火，特别是饭点时间，常常人满为患，我们进餐的时间要么很早，要么很晚，很少在正常的时间吃饭。虽然彩扩店只不过在餐馆对面，但是毕竟隔了一条宽宽的车水马龙的大街，我很难掌握进餐的时间点，往往去了总会吃“闭门羹”。

后来，每当开饭时间，餐馆老板就会安排厨师或服务员来叫我，这样我就能顺利地吃上饭了。穿越热闹的大街，来叫一个廉价的搭伙者进餐，这并不算一份美差，更不会有额外的收入。来叫我吃饭的厨师或服务员有时春风拂面，有时冷若冰霜。最常来叫我吃饭的是小眉和小娇，微胖的小眉总是笑模笑样，跟我扯几句家常，靓丽的小娇几乎不说话，一过来就匆匆忙忙往回走。

餐馆的伙食不差，当季热卖的菜品常上桌，一些还在开发研究的新菜，我们也总能第一时间品尝。虽然我交的进餐费很少，老板却对我很客气，总说多吃点儿，年轻人吃好了，才能干好事业。厨师们总有说不完的话，他们的谈资甚至比菜品更有味道。小眉偶尔会给我夹菜，盛汤时也总是把第一碗给我。坐在对面的小娇明艳照人，但是话却是最少的，仿佛永远都有自己的心事。

我以为，这样的日子会长长久久，我们会一起吃很多年的饭，最后我们成为像家人一样的朋友。然而，餐馆的生意下滑，老板又有了别的事业，关张就成了必然的选择。

我感到不舍，同事说："有什么舍不得，不就是没了个吃饭的地方，有钱难道吃不到饭？"我失落地说："我是舍不得他们，天天在一起的人，说分开就要分开了。"同事不以为然地说："生命中，有太多太多的人，萍水相逢后就不见了。"我没说什么，我也不知道说什么，或许同事说的话是对的，生活本来就是残酷的。

没有搭伙的地方，我便每天骑十分钟单车，去附近大学的食堂打饭吃。菜品自然不及以前，而且每次我都是孤独地进餐，没有人给我夹菜，也没有人给我盛汤。偶尔我失神地看着前方，对面却早已不是“段子王”厨师，也不是如花似玉的小娇。我会想念在餐馆里搭伙的日子，还有一起进餐的那些人，至于他们会不会想我，真的就不得而知了。

一天又一天，一年又一年，我在彩扩店待了许多年，除了干好本职工作，我开始笔耕和投稿，在本地的《楚天都市报》发表了许多文章。一天，我正在彩扩间工作，有个人礼貌地问：“请问小路在吗？”我一抬头，竟然是以前餐馆的厨师小王，隔着时光，记忆却依旧那么清晰和明亮。我们就跟老朋友一样地聊天，他说通过我在报纸上发表的文章，还有文末留的通信地址，知道我还在彩扩店工作，所以决定抽个时间来看看我。

临走时，小王把我拉进了老餐馆的微信群。那是一个只有十来个人的很小的微信群，而我是唯一的一个“外人”，然而大家都很欢迎我。几年过去了，大部分厨师都去了更好的餐馆或酒楼，小眉和小娇都建立了自己的小家庭，老板的新事业蒸蒸日上。大家也开起了我的玩笑，说小眉其实一直暗恋我，若不是餐馆关张，我们可能有故事。往事和现实如画卷般展开，或许我们谁也回不到昨天，但是却可以做到“擦肩而过，两两不忘”。

总有一些分离就是永远，总有一些人走着走着就散了，然而最真的情谊总在我们心底，就算在很久的时光里没有问候、没有拥抱，但是并不代表放弃和遗忘，只不过是在等待一个适合的节点，让所有的真情真意彻底绽放。

回家，是一种遇见

平时，小镇的这条街是萧条的，萧条得只剩下老人和娃娃。老父亲还在，老父亲的家还在，家乡便还是心心念念的家乡，是腊月深处我们向往的方位。

等我到家的时候，年味已经变重了，街上不仅有老人和娃娃，也开始出现年轻人的面孔，各省市的外地牌照的车辆也多了起来。大家多年都在外边拼搏，回家的次数并不多，年轻人的面孔变得快，小毛孩长成了阳光的青年男女，有的出现了啤酒肚，越发地认不出模样来了。

回家就是这样的，回家是一种遇见，熟悉的不再熟悉，陌生的越发陌生。年轻人总有忙碌的理由，就算是返乡的日子也打理得五光十色。小镇看上去灰头土脸的，但是小镇的能量又是超乎想象的，这里可以满足年轻人所有娱乐的需要。

夜深人静后，年轻人尽兴而归，却在第二天睡到晌午时分还嫌不够。有时候，和年轻人拉几句家常，他们不是哈欠连天、话不成句，便是吆喝着说："哥，晚上一起唱歌、打麻将，别抱着电视看个没完，玩手机流量也跑得快。"

还是有熟悉的面孔，他们原本就不是那么年轻，岁月继续在脸上书写痕迹。然后，我不会忘记他们的容颜，就算从来没有特别地铭记，却也神奇地沉淀在记忆里。对，他们是住在同一条街的邻居，或者是老父亲的同事、朋友。他们见证过我的成长，说过"老路的孩子准有出息"，常来家里和老父亲下棋，参加过我三十岁才办的婚礼。见到我，他们就像见到了自己的孩子，眼底的慈祥几乎要溢出来。

有上了年纪的邻居问我："大勇，今年赚了多少钱？每月房贷是多少？还应付得过来吗？"我能回答的是"还好、还好"，邻居也不再继续追问。"钱多钱少不是幸福的根本，只要努力，好日子总会跟着来。"他的安慰适时地跟着来了。有时候，在热闹的时候，我陷入深深的沉默之中，有了倦鸟归巢的冲动。一次，父亲的朋友老陈说："孩子，叶落归根是老人家的路，外面的路虽然不是那么好走，但那就是年轻人的人生。"句句字字落在心底，像一壶疗伤的中药，更像是一杯暖心的茶，让我刹那间的迷茫烟消云散，重新积攒了再次出发的能量。

有些老人越发老了，有的还能随意地聊上几句，有的总是躺在藤椅上晒太阳、睡大觉，有的想说些什么话已说不出来，而微笑是不变的共同的语言。有时候，不需要太复杂的交流，喧嚣的大街就像他们的大院，而我就像是大院里走来走去的孩子，他们对我是那么熟悉。

遇见是那么神奇，我们会走过许多的路，见过许多的风景，最后却遇见一些可爱的老人，他们是我们的街坊四邻，更像是我们的家人。

回家是一种遇见，我们会遇到一些有趣的人，会和过去或现在、熟悉或陌生的自己相遇。而遇见就是一次机缘，不需要太特别的仪式，但是那一刻的珍惜和享受，便是最好、最完整的诠释。

老妈的朋友圈

“陈姨的。”说着，老妈塞过来一个印着“囍”的红包。

彼时，我要结婚了，婚礼很快就要进行，我也收到了许多亲友的随礼。坦白地说，对于即将成立小家庭的我，收到的礼金自然是多多益善。可是，我怎么也想不到陈姨会随礼，这让我感觉就像捧着个烫手的山芋。

陈姨是老妈的朋友，在我租住的小区，租了两间相邻的车库，开了个“资源回收站”。老妈跟陈姨走得近，陈姨在小区收破烂时，也爱给人家搭把手。我有时纳闷地问：“妈，你和陈姨他们走得近，到底图什么呀？”老妈笑着说：“很多邻居瞧不起收破烂的，可是没有陈姨他们进行资源回收，不仅我们的破烂换不了钱，小区也没现在这么整洁啊。再说了，陈姨可是咱们的老乡，多个朋友多条路，多个老乡也多点儿照应嘛。”

说起来，陈姨也帮过我们几次忙。有一次，将近元宵节，我们要在小区内挪窝，找了一圈搬家的杂工，却被告知回家过年未归。后来，陈姨知道了，和先生用自己的三轮车，花了一下午时间帮我们搬家，正月时节累得衣服都湿透了。搬完家，不仅不肯要搬家费，连水都不肯喝就走了。还有一次，老妈的结石发作了，120 的急救车堵在高架桥上，陈姨和先生硬是轮换着将她背去了医院。当然，更多的时候是老妈爱往陈姨那里跑，我却几乎不和他们打交道。在陌生的城市、陌生的小区，我早习惯了关门闭户的生活。真是想不到，在我结婚的时候，陈姨竟然还准备了礼金。

老妈说：“大勇，别发愣了，哪有退人家礼金的道理？陈姨是我的朋友，难道你不愿意我的朋友喝你的喜酒？”朋友，是一个暖洋洋、沉甸甸的词汇，谁又能拒绝朋友的真诚和善意？于是，我也不再坚持和纠结，继续忙着筹办婚礼了。婚礼时，陈姨有事没来，她的先生来喝了大半杯酒，看得出他挺高兴。

老妈是没有什么朋友的人，在老家，除了邻居，也没见她和谁很熟络的。后来，老妈随我来到了城里，小区里都是陌生的面孔，说着五花八门的方言。我住了两年，除了两任房东，几乎谁都不认识，更不要说去谁家串门。可是，老妈认识的人可多了，资源回收的陈姨、卖热干面的老李、维修水电的小崔、物业公司的李经理……老妈走在小区可风光了，不停地有人给她打招呼，卖菜的给她一把青菜，超市的促销员给她带点儿小赠品，或者谁家又送来一碗排骨莲藕汤，这都是常有的事。偶尔，老妈会骄傲地说："这就是我的朋友圈，我身边的人就是我的朋友，我愿意用我的真诚换一份真诚，我愿意用我的欢喜换一份欢喜。"

不光是邻里街坊，任何领域的人际关系，其实不都是这样简单吗？问题是，更多的人习惯性地封闭了自己的内心，也不愿意传递自己的一份暖意，只会遥望属于别人的友谊。

有保留的给予更高明

隔壁开了间西式快餐店，店主老曹是个精明的中年人。西式快餐店经营各色西点、茶饮，也兼做卤肉饭、盖浇饭等中式快餐。

老曹是我的邻居，我自然会照顾一下邻居的生意。第一次点餐，我便发现，老曹的卤肉饭、盖浇饭价格比别家贵许多，但是色香味确实又明显好很多。点餐的次数多了，我又发现一个问题：老曹家的卤肉饭、盖浇饭分量太少了，吃完肚子还是不觉得饱。当我向老曹说起这个事，老曹说："如果饭不够你可以来加饭，左邻右舍的，没什么不好意思的。"

再熟一点儿，我就直接问老曹："您的卤肉饭、盖浇饭分量这么少，顾客能吃得饱吗？饭不够能再加一点儿饭，而菜不够吃不饱，下次还愿意来吃吗？"老曹瞪大眼睛说："除了特别熟的朋友，我们从不给顾客加饭，几乎也没顾客提出加饭。我们为什么要让顾客吃饱？吃饱了肚子撑得慌。而吃个七分饱，顾客不仅欣赏了美味，而且……”老曹还没说完，我就接话了：“原来，您是贴心地为顾客的健康着想，谁都知道七分饱是最好的养生之道。”老曹笑着说：“吃得太饱，反而不知食物的美味，他们也不会再点其他的美食。”我仿佛有些明白老曹的经营之道，也开始暗暗感叹商人的计谋。

老曹见我不语，仿佛识破一切。“小路，你还别笑我是个奸商，这不过是经营的方法而已。你知道我在这个城市是怎么起家的吗？最初我是卖 XX 烧饼的，先是在城郊的工地附近卖，后来在闹市区开了间小店。”老曹说，“如果你留心本地新闻，一定见过关于我烧饼店的报道。当时，我的烧饼店每天都顾客盈门，顾客排着队来买烧饼。后来，晚报的记者还采访过我，问我为什么不多请几个人、多开几个窗口，这样岂不是赚的钱更多。我告诉记者，只开一个窗口，并不是我不想扩大，而是我吸引顾客的秘诀。”我顿时想起了那个报道，烧饼店只开一个窗口，表面上销售量仿佛会受阻，其实，烧饼店门前等候的顾客就代表人气，而人气是有着连环的吸引力的。正因为这样，烧饼店门前的顾客队列越来越长，而且生意也持续火爆。

顾客是上帝，好的商家会想着满足顾客的愿望，比如让顾客花更少的钱吃得更饱，或者让顾客花更少的时间品尝到美食。可是，更有智慧的商家会研究顾客的心理，“让顾客吃七分饱”和“只开一个窗口”，就是商家针对顾客展开的心理战。多和快或许是一种优势，但是少和慢有时并不是一种失败，而是一种经营的谋略，一种对更大局面的把控。经营中，有的商家常常累得够呛却无功而返，有的商家却能轻轻松松赚得盆满钵满，这其中蕴藏的是经营策略的高下，就像老曹的经营之道——有保留的给予比无保留的奉献更高明。

其实，这何尝不是暗合了我们的人生？如果你在意的朋友或恋人，给太多、给太快当然是爱，但是策略性地付出自己的热情，却可以让爱更加长久和稳固。事业和爱情的成功，往往并不是从天而降的，反倒是有迹可循的。

有趣的朋友

我们总会遇到一些有趣的朋友，本以为他们会进驻我们的整个人生，谁知道他们进驻的只是人生的某个片段。

以前的绿皮火车速度要慢很多，随随便便就是十来个小时的行程，时光慢得让我们快要发霉。在旅途中，我们总会找同车厢的人闲扯，不管身份地位有多大的差距，只要找到一点儿共同语言，就可以聊上十来个小时。一次，我遇到一个非常有趣的人，他有着很广的社会关系和很传奇的人生经历。他的故事深深地吸引了我们，我也跟他讲我的爱情和职场的体验，还说我想做一名自由作家。他给我递烟，还说“兄弟，我看好你”。分别后，我深信我们后会有期。谁知道，后会有期时，在喧闹的人群之中，面对上前跟他打招呼的我，他那么笃定地说“我不认识你”。

曾经，有一段入院治疗的时光，隔壁床位是某局的一位领导。他的床位前人来人往，送的都是各种水果和保健品，来的人说的都是一些阿谀奉承的话。很多时候，他连眼皮都懒得抬一下，反正病人少言少语也很正常。没有人来探视的时候，他会和我们忆苦思甜，说起艰难的岁月两眼泛泪，提起自己的爱人一脸羞涩，聊起自己的乖孙子又是满心欢喜。有时候，他动了情，会说："比起来来往往的人，你们不仅是我的病友，更像是我的好朋友，可以安静地听我倾诉，也会分享自己的秘密。"后来，我碰巧去某局办事。办完事，经过那位领导的办公室，想到里面有个有趣的朋友，就动了去访友的念头。我刚开口："你还记得我吗？"他却一脸不耐烦地说："你是谁，没事的话，快出去！"

前几年，我去江苏参加了一次笔会，去的都是并不太熟悉的编辑或文友。由于大家并不是那么熟识，最初的交流格外小心翼翼，生怕说错了半个字。慢慢地，大家互相有了一些了解，交流起来就少了一层隔阂。我和一位朱姓编辑很合得来，他同时也是一位成熟的小说作家。我们在一起，想说就说，想闹就闹，俨然是笔会上的开心果。很多编辑和作家说："你们分明是一对有趣的兄弟。"我当时就想，等笔会结束后，我们要将友谊进行到底，毕竟遇到一个有趣的朋友，并不是一件容易的事。后来，我们在网上联络过几次，可是笔会时亲密无间的感觉没了，聊什么都聊不了几句就冷场，再加上各自的忙碌就越发生疏，生疏到只有节日时的一条群发短信。

就是这样，我们无法预知会遇见谁，谁又是那个有趣的人。其实，人生有很多有趣的遇见，但是人生的车轮滚滚向前，能陪我们一起走下去的，不是短暂的心动，而是能一直相携的默契、信任和勇敢。

生命里，最熟悉的陌生人

我们的彩扩店是一所高校开办的，每天进进出出冲洗照片的，大部分是高校里面的师生。

由于我的努力工作，老板的眼里对我有了一些赞许。老员工的相继离去以及我优秀的表现，让老板对我增加了几分信任。每当遇到比较艰巨的工作任务，老板总是让我顶在前面。

四十多岁的杨锐是高校土木工程系的女教授，也是我们店里的常客。或许是搞科研的缘故，杨锐的脸上总是一脸严肃，难得有一丝笑容。收银台的小姐想和她拉家常，由于学识和年龄的差距，每每都不了了之。杨锐对照片的要求很高，每次冲洗完照片，她都会挑剔一番，返工是非常频繁的。

当杨锐得知我是店里技术最好的彩扩员后，她不再接纳其他彩扩员的工作了。她总是等到我上班的时候来冲洗，哪怕我们彩扩员的工作时间很不规范、变动很大，她一定固执地要等到我当班的时候才来。我想那种固执也是一种教学严谨的体现吧，于是总是认真地完成杨锐的工作。杨锐拿到冲洗好的照片，每次都很满意地笑，原来她严肃背后还是有温暖的。

杨锐每次来店里都要夸我几句，同事们便将羡慕的眼光送给我，自然我全权包揽了杨锐的冲洗任务，其他彩扩员倒也落得轻松。

当一次全国性的会议来临之际，杨锐开始做准备，其中照片的冲洗也是最重要的部分。看得出杨锐这一次非常重视，不仅一遍遍强调照片质量的重要性，还当着我的同事的面说，等会议结束了要到附近最好的酒店请我吃饭。倒不是真的在乎一顿饭，只是被杨锐的热情所感染，工作有了前所未有的动力。

那段时间，杨锐几乎每天都泡在我们彩扩店里。我的工作时间也随着她的要求，做了很大的变动。一个月的忙碌，仿佛像一场漫长的战争，在杨锐最终的认可后，才彻底宣告结束。

不久，学校拉出很大很长的条幅，杨锐参加的会议拉开了帷幕。杨锐的成果得到了广泛的认可，那些我冲洗出来的照片贴满了校园的橱窗，报纸上也纷纷登出一些照片。我为杨锐高兴的同时，也不由得冒出一点儿成就感来。

会议结束了，据说杨锐得到了系里的重用。我们再也没有看到杨锐来过，同事问我请客的事，我想那只是她客气的说法，或者太忙碌早已忘记了。再来洗照片的是个年轻的大学生，每次都不太挑剔，还一脸笑容地和收银台的小姐开玩笑。

过了不久，我在校园里遇到了杨锐，我冲她笑，她却一脸的漠然。我不知道为什么她不理我，想了很久，大概是她视力不好的缘故。又一次，杨锐和一群人有说有笑地在校园里走，我踩着单车和她碰面了。这一次，我大声地打招呼：“杨教授，您好！”杨锐和她的同伴听到后，停下了脚步。杨锐用奇怪的眼神看着我，说：“小伙子，我认识你吗？”

“杨教授，前不久我还帮你洗照片啦，我是彩扩店的小路啊！”我赶紧提醒杨锐。杨锐摇着头走远了，还对身边的同伴说：“一个洗照片的我哪记得啊，想请我吃饭的人还排着长队呢！”那一刻，我的心底有一种深深的痛，倒不是为一顿爽约的饭局，而是生命中又多了一个熟悉的陌生人。

也许，并不是每个人都会记住我们的模样，并不是每个人都会走进我们的生命。但是，生命里的来来去去便是一种缘分，用心用情的人会铭记岁月的美好，就算最后我们被遗忘和冷落，曾经无愧于心的真诚和执着，也装点了时光的绚烂。

不可思议的友谊

前不久，通过某娱乐节目得到一个令人大跌眼镜的消息：国民女神刘亦菲和歌手曾轶可是要好的闺密。一个是美若天仙的大众情人，一个是唱着《狮子座》的假小子，本来是八竿子打不到一块的两个女生，却拥有娱乐圈里令人感到不可思议的友谊。

想想看，闺密是多么甜蜜的一种关系，在喧闹的尘嚣之中，或许有着不同的境况，循着不同的路线前进，却依旧能甜蜜地相处和相守。志同道合的人走到一起，帅哥美女扎着堆儿，这是司空见惯的选择。但是，娱乐圈偏偏就有很多令人觉得不可思议的友谊，许多不相干的人却有着亲密的关系。其实，这不仅仅是娱乐圈的神奇，也是明星奋斗后的美丽世界。

人生就像登山，在山脚下时，我们的视野就是山脚下的河流和草丛，还有昂首仰望的耸立云端的那一座高峰。当我们攀登到了山腰，视野就会变得越发开阔，可以遇见更好的风景、不一样的人。“会当凌绝顶，一览众山小”，抵达巅峰的时候最畅快，山下的风景一览无余，身边都是享受着登顶的快乐的人，或许是白发苍苍的老者，或许是腆着啤酒肚的中年人，或许是风华正茂的少男少女。不管大家是在无边无际地交谈，还是眺望着远处的日出或云海，心底都是经历艰难旅程后的满足和豪迈。

很多时候，我们遇见什么样的人，收获什么样的友谊，仿佛没有办法预知和规划。然而，友谊是一个殊途同归的过程，不管之前走了多少坎坷路，也不管经历过怎样的挫折或辉煌，最终“山不转水转，水不转云也转”，你出现在我斑斓的生命里，而我又点缀了你美丽的人生。或许你不是我想象中的模样，我的到来也不是你渴望的画面，而友谊就是两颗心走近的过程，没有什么能阻止友谊的发生和成长。

每个人都在为自己的人生而奋斗，奋斗是为了让自己有更好的未来，让爱人有更好的生活，让孩子有更幸福的童年。然而，奋斗也是为了自己遇见更好的友谊，我们的朋友圈不可能只是街坊、同学或同事。有的人习惯了波澜不惊的生活，有的人却希望每天都是不同的样子，而一些与自己不一样的人就像是不一样的风景，不仅可以大大地丰富我们的生活，还能让我们去接触和开创不一样的未来。

甘于平庸的人，总是和同样平庸的人为伍，就算时间一点儿点儿被挥霍，就算是青春一点儿点儿被磨蚀，也不会有太多惋惜和自责。而心怀大志的人，总是在与平庸抗争，总是希望自己的人生打开另一面，让自己和更多的人去碰撞，而每一次碰撞或多或少都有火花。不管是微弱的还是璀璨的火花，都可以照亮我们的心，照亮我们新的友谊，照亮我们新的人生。

有些友谊来得自然而然，就像风一般来得从从容容。有些友谊像雨后彩虹，绚烂了整个天空，美得超乎我们的预料和想象。所有令人感觉不可思议的友谊，都不会无缘无故地光临，只有我们去拼、去闯、去开发不一样的自己，才会像收获事业的丰盈一样，收获一份特别的友谊、特别的美好。

新邻居是个“火药桶”

对面的住户移民数月，他的房子一直都空着，时不时有中介带人来看房。每当看着那扇紧闭的防盗门，我在想念老邻居的同时，也盼望新邻居早点儿搬进来。

某个清晨，我刚准备出门，一群人抬着家具、电器什么的，潮水般涌了进来。领头的是一个满脸络腮胡子的高大男人，扯着嗓子招呼工人加快搬东西的速度。起初，我还以为是搬家公司的经理，在颐指气使地指导自己的手下。然而，接连几天的不期而遇，我便明白，那个凶巴巴的男人，其实就是我的新邻居。

新邻居一家住了一个多月，我也没机会和他们说上话，哪怕在楼道里相遇问个好也不曾有。坦白地说，我其实心底也是有一些胆怯的，不敢贸然跟陌生的新邻居交流。

不过，我还是逐渐地了解了新邻居一家，特别是长络腮胡子的男人。男人脾气很大，说话粗声粗气的，动不动就大发雷霆，甚至时不时还摔碟砸碗的。我几乎可以认定，这个新邻居是个彻彻底底的“火药桶”，仿佛随时都会被火星引爆。

本着多一事不如少一事的原则，就算对面战事再火爆，我也不敢去敲邻居的门，生怕撞到了“枪口”上，让自己碰一鼻子灰，甚至挨个几拳头。

一天，我下班回来，走到楼下，一只塑料方凳从“天”而降，把我的额头砸出一道口子。我赶紧去附近的诊所检查，问题并不是很大，只是额头多了个白色“商标”。后来，对面的男人来捡垃圾堆上的塑料方凳，我才知道他就是肇事者。我当时气得直咬牙，但是又强忍着怒火，没有立即发作。爱人见我受伤，坚持让我去上门讨说法。

晚上，我硬着头皮敲开了新邻居的门。男人看到我，脸上的表情冰冷冰冷的。我眼睛的余光注意到，女主人委屈地坐在沙发上。可想而知，之前有过一场暴风雨，而且雨过天未晴，我这个不速之客就登门拜访了。不过，我既然都来了，就不能白来，必须把想说的话说出来。

我指着自己额头的白色“商标”说：“邻居先生，我这个商标是您制造的哦。”男人听了，脸上有一些难堪，张着嘴巴，不知道说什么才好。我继续说：“我是对门的邻居，您别为自己的行为感到内疚。要感谢这个‘商标’让我有机会来串门，以后大家多走动才好。”女人说：“您的医药费算我们的，这都是我们的错。”我摆摆手说：“不碍事，不碍事。”

临走时，男人和女人一起送我出门，仿佛送亲友一般。当我到家关门时，看到男人红着一张脸，牵着女人的手进去了。我想，雨后的彩虹来了，他们之间的战争算是宣告结束了。爱人笑着对我说：“你看看，你不仅给自己讨了说法，也做了邻居家里的‘和事佬’，这岂不是一举两得。”

后来，我和新邻居的交往越来越频繁，有事没事总爱串个门、唠个嗑，而“火药桶”男人很久没大叫大喊了。碰到女人时，她说自从我那次上门后，男人的脾气好了许多……

温暖的守望相助

这是我入住才半年多的小区，和小区的邻居们并不太熟，平时也不过是在业主群交流。业主群有近千位邻居，用户名都换成了楼栋加网名的格式。群里活跃的邻居并不太多，很多邻居甚至从没发过言。

春节越来越近，邻居们纷纷返乡过年，入住率本来就不高的小区，显得格外空荡荡。业主群，时不时有人爆出失窃的坏消息，有一家竟然在睡梦中，被偷了个底朝天。这让想回家过年的我很不安心，归期也是一拖再拖，直到不能再拖，我才带着老婆、女儿踏上归程。

我人在老家，心却留在小区的房子里，满脑子都是小偷撬门入户的画面。虽然房子里并没有什么特别值钱的东西，但是被小偷光顾的滋味不好受，谁也不希望自己的房子被贼人光顾。买房前，我曾经在城中村租房。一次外出，房门被撬开，电脑主机被盗，损失说大也不大。然而房门竟然就那样敞开一周之久，也没有任何人通知不知情的我，让后来返回的我大吃一惊，也心塞了很久。

可是，就算我再担心，也不可能不顾团圆的喜悦，不顾老家一年没见的亲人，回到数百里之遥的房子里查探。本来，我想找个城里的朋友去查看，一问才知，朋友们大部分都回了家，少数留守的人也在工作岗位上，根本脱不了身帮我。后来，我想找物业帮个忙查看，物业却冷冰冰地回复："不光是你们业主回老家过年了，物业的保安也走了一大半。保安只能负责在小区里巡逻，挨家挨户查看那可办不到。"

在物业那里吃了闭门羹，我想到找个邻居来帮忙。爱人连忙阻止我："连物业都不肯帮你，还指望和你没交集的邻居？我劝你还是算了，咱们回家过年了，小偷也该回去了，一定没事的。"我还是有些不放心，准备进业主群想点儿办法。业主群也没往日热闹了，发言的人比平时更少。我找了两个同一栋的邻居，一个在我之前就回老家去了，另一个已踏上归程，堵在三环线，根本无暇去查看我的房子。

接着，我看到有个附近楼栋的邻居在群里说话，这是个基本上没交流过的邻居。为了安全和安心，我硬着头皮跟他私聊。一问才知，他整个春节都会在小区里度过，说马上就可以帮我去查看房子。很快，他不仅去我的房子查看，还拍了我房子的房门和阳台的照片。看着完好的门锁和防盗网，我一颗忐忑的心终于平静了，忙不迭地向他道谢。

这位邻居还说："咱们就隔了两栋楼，我会早晚去串串门，如果有任何异常，我会第一时间跟您联系。"说实话，本来拜托邻居查看一次，这已经是让我诚惶诚恐的要求了。没想到，这位邻居竟然愿意如此关照。这无疑给我的房子筑起了又一道防盗网，也让我的心被感动和幸福塞满。

他一次次告知我房子的情况，房门和防盗网都没有动过的痕迹。我很容易就能想象得到，为了我这个并不熟悉的邻居，他每天早晚不辞辛劳地奔走。或许串门只是举手之劳的事，但也的确是多余的付出，若不是心头的友善和真诚，他完全可以多一事不如少一事。

钢筋水泥筑成的城市森林，互不相识的小区邻居，本以为是不相往来的冷漠。然而，最美好的善良和真挚从来都不会缺席，邻里之间那份美好的守望相助，让我们的生活变得踏实而温暖。

努力奔跑，只为赶到遗憾前面抵达

毕业 17 年，我牵头组织了一次同学聚会，大多数人 10 多年没见，相聚的热情非常高涨。成功相聚后，大家相约毕业 20 年再相聚。20 年是非常重要的时间点，每个人都很向往那个时刻，也希望见到 17 年的聚会没见到的同窗。

关于 20 年聚会，大家说了又说，盼了又盼，直到时光滑到了 2015 年——毕业 20 年的这个年头。春天过了，夏天来了，夏天过了，秋天到了，眼看 2015 年的时光越来越少，可是聚会的事情依旧没有任何眉目。同窗们不时地提起，却没任何人有时间正式组织。忙，真的不是一个借口，生活让我们停不住手脚，工作让我们旋转如陀螺。组织聚会是一件烦琐的事，它不是一项可以随便挑起、又能随便放下的重任，因为这其中饱含着同窗们的托付和期待。

“难道我们的 20 年聚会就这样黄了？”在夜深人静时分，我一次次地追问自己。脑海里浮现着 17 年聚会的点点滴滴，那种亲密无间的同学情，那种最简单、最清澈的友谊，让我无限地感动和怀念。曾经的美好反复汹涌是一种动力，担心留下遗憾又是一种压力。最后，是动力战胜了压力，让我决定再次组织同学聚会，再次让大家从天南海北聚起来，与昔日的同窗欢声笑语，与昨天的自己隔着时空相见。

组织聚会是琐碎而辛苦的，一个个地寻找联系方式——微信、手机或电邮，用想得到的办法去联络。有些同学平时还偶有联系，有些同学 20 年音信杳无，我小心翼翼地联络着，那份潜在的生疏让我有一丝丝惶恐，甚至有一些畏惧和心塞。幸运的是，大部分同学还记得我，还记得那些久远的校园生活，不管能不能参加 20 年聚会，至少在联络的那一刻，怀旧之情便开始汹涌澎湃。

那段时间，我简直是在跟时间赛跑，跟自己的精力和体力赛跑，不管是上班、吃饭，还是和家人出游，心心念念的都是聚会的那些事。生怕错过了一条私信、一个电话或一封邮件，甚至做梦都是聚会的那些事，连家人都开始抱怨我的心不在焉。马拉松长跑也有结束的时候，20 年同学聚会即将到来，我的奔跑也即将告一段落。

20 年是有意义的时间节点，20 年聚会格外的珍贵，大家参与的热情也格外的高涨。那些开始因种种缘故说来不了的同学，后来也不出国了、不搞结婚纪念了、不去旅游观光了，纷纷赶来参加聚会。聚会的温馨、快乐，让之前所有的苦与累、所有的误解都变得不那么重要。那一刻，我愈发觉得，我的不放弃是多么明智，正因为我的坚持，才让大家拥有了一次难忘的聚会；正因为我的努力奔跑，才让我和我的同窗们赶到了遗憾的前面抵达。

没有谁愿意到最后道一声“遗憾”，没有谁希望等到心碎和梦破，可是很多时候我们就像守株待兔的傻瓜，宁愿在最后两手空空时懊悔。人生就像是一条宽阔的跑道，我们努力地奔跑，只为赶在遗憾的前面抵达。或许并不是每个人都能成功，或许并不是每个人都能圆梦，但是曾经不畏风雨的前行，曾经跋山涉水的坚持，足以让我们不管最后成与败、笑与泪，至少心头没有因为懈怠而怀有半点儿遗憾。

你也会爱上凉茶和“丑八怪”

2004 年，我去广东访友。在广州的时候，文友李益陪我逛了两天，给我留下最深印象的是，我们逛街的时候，隔一会儿，她便会带我去凉茶馆喝凉茶。那种小的凉茶馆满街都是，凉茶有一种浓浓的中药味儿，喝起来有一股让人皱眉的苦涩。李益笑着说：“在广东这种地方，凉茶是一定要喝的，不然上火的滋味可难受了。”

后来，我又去了东莞，得到了作家杨波热情的接待。临走时，杨波从超市拎出一大袋饮料，目测最少有十五瓶左右，各种饮料都有。杨波拍拍我的肩膀说：“我也不知道你爱喝什么，所以就每样都买了。”临上车了，他又交代，“一定记得喝凉茶。”带了两罐没喝的凉茶回湖北，我的朋友喝了一口后摇头感叹道：“谁会爱喝这种糖水一样的东西？”

没想到，回来后没几年的时间，凉茶也进驻了湖北的市场，像可口可乐一样火爆起来。

接着，我要说一个湖北曾经没有的水果。几年前，我们一家人受邀去四川亲戚家做客，亲戚的家境非常殷实，对我们也热情款待。那一次，我们住了十来天，各种好吃的、好玩的都体验了个够。我们刚打算返程，亲戚就从外边回到了家中，还提了一大袋水果。招呼我们吃的时候，真是不看不知道，一看吓一跳——袋子里，是一种既不像橘子又不像橙子的水果，关键是那皮就像是老太太皱纹密布的脸。“从来没见过这么丑的水果。”我小声地跟爱人嘟哝，心情顿时也变得很差。看来，亲戚无意留我们久住，这是在婉转地下逐客令。直到晚餐时看本地新闻，才知道这种水果叫“丑八怪”，貌丑但价格却很贵，而味道远胜橘子、橙子。

现在提起“丑八怪”，恐怕再没几个人跟我一样“无知”，反而会在一堆水果中，偏偏相中其貌不扬的它。

说到凉茶和“丑八怪”，很容易让我们联系到生活中的朋友。我们常常会遇到一些不合眼缘的人，或者初次打交道时就有不好的感觉，我们在暗暗给出对方“差评”的同时，会笃定地想“我不愿意和这样的家伙来往”，或者“这个人恐怕没什么优点可言”。

可是，慢慢地，我们会发现并不是每个貌似讨厌的家伙真的那么讨厌，当时光的车轮慢慢前进，一些被隐藏的美好会显山露水，曾经我们难以接近的人也有做朋友的潜质。敌人不会永远是敌人，就像我们不会一直抵触凉茶、鄙视“丑八怪”，但是生活慢慢剥开了现实的美好，我们才知道最初的误解只会阻碍友谊，甚至阻碍我们去迎接更美好的人生。

不管你信不信，你也会爱上凉茶和“丑八怪”。至于生命里的友谊，你也有理由让时间去验证，让心慢慢地去发现不可忽视和错过的美好。

遇见谁，都有春暖花开

一天，我蹭邻居朱工的车外出，车上还有邻居叶子。城市糟糕的交通让车缓慢行驶，却给了我们闲扯的机会。闲聊的话题是没有边际的，哪怕我们平时在业主群也很活跃，见面了，还是有怎么都说不完的话题。

这次，叶子聊到小学同学。大家曾经住在一个村子里，有的在村头，有的在村尾，甚至有个同学就住在叶子家对面。小学时光积攒了最初的快乐和美好，转眼小升初、初升高，大家慢慢地分散了，有的人去了高等学府深造，有的人早早地步入社会。造化弄人，每个人的际遇真的很不一样。叶子顺顺利利地上了名校，又拿了硕士研究生的文凭，她老公也是高学历的专业人才。他们按揭买了房，又买了辆车代步，每年国内游两次，出国游一次，不算特别富裕的日子，但也算过得有声有色。有几个同学，越过接受高等教育的阶段，直接“跳”到了社会大舞台。有的混得毫无起色，日子过得紧巴巴的，叙旧除了“叫穷”还是“叫穷”；有的完成了原始积累，生意做得风生水起，比如住在叶子家对面的秀。叶子说：“近邻不如对门，每次回家我总要和秀聊聊。可是，我发现除了叙小学那点儿旧，也没有什么共同语言。”她还说，“总有一些人越走越远，再相聚也找不到最初的感觉，甚至再交往变成了负担。于是，再回家，我尽量不和小学同学联系，因为他们不像我现在身边的朋友，有知识、有涵养又格外有趣。”

听完叶子的话，朱工想到的他的战友。二十年前，朱工和他的战友在绿营度过了难忘的三年时光，兵蛋子的滋味有多少苦就有多少甜。一群年轻人，你见证了我的青春，我参与了你的人生，兄弟们一路奔跑着，度过了最铿锵、最无悔的岁月。转业后，有那么些年，战友们失去了联系。最近几年，微信朋友圈火爆，大家才有机会相聚在网络，也约着在线下纵享重逢的喜悦。最初的时候，久别的战友们见面了难抑激动之情，不是拥抱着抹泪就是举杯庆祝。战友们聊过去，聊现在，聊房车票子，聊老婆孩子，说什么都新鲜，拼拼凑凑，就是那段失联的日子的印记。久了，仿佛要聊的话都说完了，追忆往事的次数多了，也不再想多说些什么。而现实中，客观存在的差异，也阻碍了彼此之间更深层次的交流。从平静到热和，又从热和到平静，并没用太多的时间。再后来，战友们有红白喜事才会聚首，来不了的人也不忘随礼。天高水长，更多的时候就是礼来礼往，有了微信红包，更是让随礼变得简单却少了温情。朱工说："本以为是最亲密无间的关系，最后却只剩下了红包的来往。"

叶子哼起了歌："我们已走得太远，已没有话题。"朱工说："生活中，老朋友不懂你的新情况，新朋友不懂你的老脾气。我们会和老朋友重逢，又会和新朋友相见，但是没有几个能真正走进我们的心底，在同一个频道上有最好的共鸣。"这时，我很认真地说："遇见谁，都是一件非常美好的事情，或者老朋友有了新的生活，新朋友的世界我又不懂。然而，人生的美妙就在于此，我们去结识不同性格，处在不同环境和不同领域的人，纵使意见相左或沟通不畅，但我们可以选择安静地聆听、平和地对待。我们遇到的这些人，同时也丰富了我们的见闻，让我们的生活更有层次和内涵。"显然，叶子并不认可我的说法，朱工更直截了当地说："你这是站在作家的角度看问题，恐怕是为了日后的创作做准备吧。"

而我要说的是，遇见谁，都有春暖花开。如果你敞开心门，朋友也会向你敞开心门；如果你心底春暖花开，遇见谁都不是人生糟糕的插曲，而是同样春暖花开的旋律。

你是我的一株仙人掌

有些人永远都像大宝——“天天见”，有些人在某段时间内与我们天天见，转眼却不知踪影。泽松已经与我多年不见了，我都快记不清我们是何时天各一方的，甚至连他的模样都不太记得了。

泽松是我的高中同学，我是小镇高中的走读生，他是乡下来住读的孩子。课间十分钟，我们总是泡在一起，仿佛总有说不完的话。放学了，我也总在校园里多留一会儿，不是分吃泽松的盒饭，就是和他一起买辣条解馋。当然，更多的时间，我们躺在草地上，或者在教学楼顶层聊天。

那时候，我悄悄喜欢上一个女生，一有空就给她传纸条，女生时不时也回个纸条。泽松总在我耳边嘀咕：“老大，我们都还是小孩子，谈情说爱真的早了点儿。”我一般不怎么理会他，偶尔会顶一句："你又不是我爸，管得宽。"他依旧坚持说："在错误的时间干对的事，也是一种错误。"我懒得理他，照样传纸条，日子过得任性而随心。而泽松总像一根刺，会时不时扎一下我。我知道泽松的"毒舌"也是为我好，但是那种被刺痛的不爽，总让我一次次地抓狂。

毕业后，那个女生不再和我联系，我的心失落了很久很久。相熟的同学和朋友纷纷来安慰我，我借酒浇愁，却把来劝我的人"浇"倒了好几次。我知道泽松酒量上乘，可是那段时间，他却从不与我举杯。有一次，我醉得厉害，有人喂我水，有人替我擦汗，泽松却冷冰冰地说："男人就要有个男人的样儿，为一个不属于你的人要死要活，值得吗？"那一刻，醉醺醺的我竟然醉意全无，站起来大声吼道："有多远走多远，我的事轮不到你管。"我和泽松吵闹之后很快又和好如初，这甚至成了习惯。

后来，泽松去了别的城市生活，我忘了QQ密码，又换了新的手机号，和泽松的联系就此中断。我尝试了很多办法也没联系到泽松，同学们也没有他的音信。明明是一个常常刺痛自己的人，一旦真的天各一方再也无法相聚，心底的那份牵挂便开始泛滥。

时光比想象中过得还快，我早已不是那个为爱痴狂的小男生，是个有了自己的爱人、小孩和事业的大男人。虽然过得不算太富足，也没有什么了不起的事业，业余时间爱好写作，出过几本书，卖得也总是不温不火的。但是，耳边总有甜言蜜语环绕，"忠言逆耳利于行"的道理我懂，可是耳朵对美言也总是习惯性笑纳。时间久了，免不了也会飘飘然，甚至忘了自己姓甚名谁。

去年，我们开始筹办高中毕业20年聚会，组织的工作落到了我的头上。同学群里，有人说“路同学劳苦功高”，有人说“路作家号召力强”，还有人说“老路是女生的大众情人”，听着同学们的种种蜜糖般的话，那段日子我就算再累也很快乐。通过多方打听，许多失联的同学浮出水面，泽松也被大海捞针般找到了。泽松还是以前说话的调调，“聚会是振奋人心，但是不要影响当下的生活”“作家存在的意义，不是招朋唤友，而是用文字滋润心灵”“除了班长和班花是永远的，其实神马都是浮云”。

慢慢地，同学群里有了一些争执，本来都因思念红着眼，转眼又因分歧红着脸。有人公开批评泽松：“聚会是人生中的一件大事，大好事、大美事，请你不要有事没事泼冷水，好吗？”我不再是以前的冲动少年，不再轻易生气，更愿意平静地看问题。比起同学们的甜言蜜语，泽松的话更像是一剂中药，略苦，却是那般滋养身心。于是，我一边为聚会操劳奔波，一边做起了同学之间的和事佬。

很快，欢乐的聚会如期而至，久违的喜悦覆盖了所有的争执。正如泽松所言，只有永恒的班长和班花，我领了几句“谢谢”便被晾在一边，跟我一起被晾的还有泽松。我们两个相视而笑，笑得又有那么一点儿点儿尴尬，我们结伴在聚会的酒店随便走着。墙角处，有一株高大的仙人掌，翠绿得让人忍不住亲近，但是尖锐的花刺，又让人不由自主地退避三舍。我拍着泽松的肩膀说："你就是一株仙人掌，或许捧出是刺，但你不为刺伤谁，而是献出自己的心。"这时，泽松方才露出欣慰的笑容，手也搭上了我的肩。

生活中，难免会遇到仙人掌一样的朋友，我们不该为了那一点儿点儿的刺而退缩，因为有可能我们错过的是不可多得的最真的情谊。

谢谢你带我到“绝路”

他是我业内的朋友，总是以小小弟自居，其实他只小我不到一岁。说到在业内的成绩，我并不比他强多少，我甚至常常对他心生敬佩，因为他不时会有优越的表现。拥有这样旗鼓相当的朋友，有时间聚在一起小酌两杯，没时间也能在网上随意吹吹牛，其实也是一件很幸福的事情。

可是，我面前的他、网络对面的他，却不是住在他心底的那个人。住在他心底的那个人，没有那么多的友善，没有那么多的洒脱。我和他齐头并进，不是他能接受的，他更不愿看到，我在业内些许的成长。他对更亲密的朋友说：“我希望看到路倒霉的样子，我希望路重重地跌落……”

他不仅每天背地里骂我无数遍，还使了点儿自以为隐蔽的小手段，让我在业内狠狠地跌了个跟头。一些热和的客户对我有了看法，而对我的信任不动摇的都是大客户，那份信任是由来已久的，不是三两句流言就可以击垮的。保住大客户、丢了小客户，这让我还是遭受了不小的损失，朋友的背后一刀让我更痛。

带着郁闷的心情，我开始了散心之旅，去久违的朋友家，去凉爽的郊外，最后，回到了小镇老父亲那里。老父亲年轻时候是木匠，是镇上手艺数一数二的木匠，木工活多到做不完。见我一脸的阴雨，老父亲探明实情后，跟我说了一个他的故事，是一个我以前不知道的故事：

“那个时候，我的木工作坊的生意蒸蒸日上，镇上许多的居民打家具都会先选我，而我手头也开始聚集省城大公司的大单。久而久之，因一些不可抗拒的因素，我晚交了三五天居民的订单，或者出现少许可以弥补的小瑕疵。可是，镇上其他的木匠却趁机造谣，说路师傅今时不同往日，对居民的小订单没那么上心了。许多居民不明就里，居然就相信了那些谣言，一时间，木工作坊的生意受到不小的影响。那个时候，我并没急着去解释，追回流失的居民的心，而是专心做手头的订单，特别是省城大公司的大单。接着，找我负责大单的大公司越来越多，木工作坊变成了镇上最大的家具厂，还成为全市纳税排名前十的企业。当那些小的木工作坊渐渐难以为继时，那些一度‘抛弃’我的居民纷纷回归了。”

顿了一会儿，老父亲继续聊：“我想说的是，对于伤害你的对手或伙伴，其实不必在心底积攒仇恨。人生的很多时候，‘绝路’也是一种生机，或许正是因为伤害你的人把你带到人生的‘绝路’，才让你拥有了崭新的未来。”

我抱着手机发了一条微博：谢谢你带我到“绝路”！当我把这条微博给老父亲看时，老父亲说：“孩子，回去吧，你拥有了重新出发的力量。”

你也可以做一束温暖的光源

在亲友圈子里，我是一个好人、一个善良的人、一个懂得关爱他人的人。渐渐地，我的美誉度越来越高，甚至成为很多人口中或心里的榜样。然而，在我自己心底，我认为自己只是一个普通而渺小的人，做着自认为稀松平常的事情，而小小的行为却被大家的赞美无限放大了。

在我的身边，有一些这样的亲友：有的侥幸发了财，顿时眼高过顶，看不起穷亲戚穷朋友，甚至对穷亲戚穷朋友唯恐避之不及；有的升为领导，摆起谱来倒是有模有样，任你是亲戚还是朋友，门难进、话难听……

热情是一扇窗，冷漠是一堵墙，这样的亲友慢慢地被孤立了，家里也陷入门可罗雀的境地。后来，他们可能会家道中落、从高位跌下，或者年纪大了，患了严重的疾病等，然而，此时却没有人愿意去接近他们、安慰他们。而我选择不计前嫌地关爱他们，理由很简单：我明白贫穷的滋味，我懂得失落的滋味，我知道病痛的滋味。

于是，有人对我说："人家不高尚，你何必要'仁慈'？"或许在有些人看来，我的行为是多余的、不可思议的，是完全没有必要的。我笑着说："关爱他们的现在就是温暖自己的未来，或许未来我也会有贫穷、失落和患病的时刻，我希望今天的关爱能换来明天的温暖。""你这样的希望或许会落空的，关爱是一种无私的奉献，存在着没有回报的可能。"对方依旧半信半疑。

说到关爱他人，不得不聊聊在公交车上关于让座的事情。其实，我是这个城市的"奔奔族"，每天东奔西走、疲惫不堪，更希望自己能在行进的公交车上坐会儿。可是，遇到老人、孕妇和抱小孩的乘客，我都会毫不犹豫地让座。这并不能说我是个特别高尚的人、有什么神圣的美好情操，我心底只不过想着等我的爱人有了宝宝、我有了自己的小孩，或者老到步履蹒跚时，我也希望在公交车上得到让座的礼遇。

同样的道理，很多人不相信礼遇能换来礼遇，今天的让座或许等来的是明天的"罚站"。可是，我依旧笃定"关爱他人可以温暖自己的未来"，与人为善也是与己为善。果然，当我的爱人怀上了宝宝，我们一次次乘车时，常常会得到有座乘客的关怀。而后来，我们的宝宝出生了，抱小孩的我们也常常被格外关照，我们的心底塞满了感动和幸福。

关爱就像和煦的阳光，当世界积蓄了足够的温暖，光源绝不会被阻挡在温暖之外。所以，我要说的是：朋友，你也可以做一束温暖的光源，照亮周遭美丽的世界，而且同样也会收获一份扑面而来的温暖。

最好的友谊，不是我住在你的朋友圈

“她不让我看她的朋友圈。”同事韩星失落地跟我说。

我知道，韩星口里的“她”是柳小慧，那个以前在前台工作的女生。柳小慧明艳照人，她的颜值特别高，尤其是她的笑脸格外迷人。柳小慧是公司里的小甜心，同事们都很疼爱她，都见不得她偶尔显露的愁模样。柳小慧有心事也会和同事说，特别是几个女同事俨然成了她的闺密。看着她们甜蜜地腻在一起，男同事只有羡慕嫉妒恨的份儿。

在办公室，韩星就坐在我的对面，我们常常“大眼瞪小眼”。其实，私底下，我和韩星的关系可好了，没事就会微信来微信去。当然，毕竟是男女有别，我们再要好，也不至于亲密无间。而韩星和柳小慧却不一样，她们常常像连体婴一般同出同进。每当我流露出羡慕的表情，韩星就适时发来信息："大帅哥，你是羡慕柳小慧，还是羡慕我？"这样的问题，我只能用"呵呵"作答了。

韩星不止一次地告诉我，她开始相信友谊地久天长这件事，比如她和我，比如她和柳小慧。韩星还说，"真的朋友哪怕不能朝夕相处，哪怕后来隔了难以企及的距离，那份真挚而热烈的友谊，永永远远都不会变"。人生就像一出戏，两个人感情最好的时候，却不得不面临离别。柳小慧离开了公司，选择去另外一座城市打拼。女孩子的离别，难免有梨花带雨的画面，柳小慧和韩星的泪水里都是不舍。

韩星说："最开始，我们还常聊天。久了，也能透过朋友圈，知道彼此的喜怒哀乐。不知道从哪一天开始，她的朋友圈再也没有更新过。又过了很久，我发了一条朋友圈，点赞里竟然有她，我才猛然发现，原来她一直在，我却看不到她的朋友圈。""看不看得到朋友圈，是一件很严重的事吗？"我费解地问。韩星说："朋友圈是一扇窗，让我们望见对方的世界。当你的朋友关了这扇窗，总有一天会彻底关了友谊的大门。"

我直言不讳地说："何必在我这里纠结来纠结去，找个时间问问柳小慧不就得了。"这一次，韩星采纳了我的建议，立即给柳小慧发了"小窗"。很快，柳小慧的朋友圈再次"开放"："对不起，有一段时间，我的心情很低落，总在朋友圈传递负能量。后来，我就设置了不让所有人看我的朋友圈，再后来，心情恢复的我却迷迷糊糊忘了修改设置。"这是柳小慧的回复。韩星一脸愧色地对我说："好尴尬，差点儿误会了柳小慧。”

生活常常不是我们想象中的样子，就算是亲眼所见未必就是事情的全部，而距离不该是我们怀疑和猜忌的理由。就算那双熟悉的手再也握不到，问候再也无法抵达，最要好的朋友真的渐行渐远，也一定要记得把他（她）放在心底，放在最纯洁、最坚固的角落。不管他（她）在不在身边，在不在朋友圈，他（她）总有一天会回来，友情也还是最初的模样。

显然，最好的友谊，不是我住在你的朋友圈，而是住在你小小的心房。

第三辑

做汪洋里的一只船，
摆渡生命里的每一个你

总有那么一些时候，我们的人生会面对一片突如其来的汪洋，阻挡了我们通往前方的道路。危机来袭，更多的人选择自保、守望，或者等待他人的支援，却常常忘记自己也可以是暗夜里的烛光，给需要帮助的人一片宝贵的光明，带他们走出糟糕的状况。下一次，让我们做汪洋里摆渡的船，让我们做凄风冷雨中的伞，让我们做别人最及时的贵人。

你也可以做汪洋里摆渡的船

前一天，还是艳阳高照的天气，皮肤仿佛要在太阳下燃烧起来。夜深了，城市里的树开始轻微地摇晃，风把白昼里的热浪吹得不见踪影。一夜好梦，睡得踏实，后来便被窗外的雷声滚滚惊醒，天空已没有往日的清朗和明亮。

再恶劣的天气，该出行还得出行，该上班的还得上班，生活不会因为变天而不继续。带着雨具出了门，踏上了前往单位大院的班车，平日欢声笑语的同事们，心情跟阴沉的天空一般，一言不发。很快，雨水如丝、如线、如珠般落下来，接着，雨势越来越大，窗外的风景都模糊得看不清，驾驶座前面的雨刷忙个不停，前方的雨连绵不断地砸向车辆和地面。雨水像关不上的水龙头，雨水又像流不完的泪，城市的早上整个都湿漉漉的，被厚厚的水汽重重包围。

由于排水系统的不完善，街道上开始大范围积水，微博上报道着不同区域积水的消息，朋友圈开始盛行“欢迎来武汉看海”的图文更新信息。班车在水中前行，水花溅得到处都是，而我们刷着手机，转眼就到了单位大院。没想到，下车点通往办公室的路，已经被水彻底地覆盖了，浑浊的雨水深不见底。平时短短的几十米的距离，这一刻却“通途”变“天堑”，让我们裹足不前。

每个人手上都有一堆的工作要做，虽然个个都站在原地不动，但内心深处是着急的。我移到一边，看微博和朋友圈的消息，心还是惦记着未完成的工作。过了几分钟，突然有人用手拍我的肩，说：“路哥，我背你过去。”我回过神，才发现同事小杨光着脚板，挽起了裤腿，作势要背我去办公室。我连连摆手说：“不用，不用，我一会儿自己想办法过去。”

小杨也没继续劝我，转而去背那些女同事。女同事在小杨的背上，生怕脚上的小皮鞋泡了水，把脚翘得高高的。年轻女同事还很轻盈，年长女同事有的“吨位”大，这对小杨的体力来说是很大的挑战。雨水还在落，小杨的头上是密密的汗珠，但是他仍然咬牙前行，不让任何一个同事落进水里。

慢慢地，雨小了一些，水也排了一些，水没那么深了。小杨搬来大会议室的木椅，让剩下的同事们踩着通行。有了木椅，同事们通行时不再紧张，不再担心哪里藏着一块大石头崴了脚，也用不担心污水脏了鞋面、裙角或裤腿。小杨累得气喘吁吁，头上、衣服上都是水珠，看着大家一个个顺利地通行，他的脸上却是那么快乐，那么有成就感。

没多久，所有人都进了办公室，雨势又开始大了起来。有个年轻女同事很动情地对着小杨说："有你这样的同事是我们的福气，谢谢你，陪我们走过那一片汪洋。"话音一落，办公室里响起雷鸣般的掌声。而身为男同事的我，多多少少有一些惭愧，当时自己为什么不脱了鞋、卷起裤脚，加入小杨背人的行列？

总有那么一些时候，我们的人生会面对一片突如其来的汪洋，阻挡了我们通往前方的道路。危机来袭，更多的人选择自保、守望，或者等待他人的支援，却常常忘记自己也可以是暗夜里的烛光，给需要帮助的人一片宝贵的光明，带他们走出糟糕的状况。

下一次，让我们做汪洋里摆渡的船，让我们做凄风冷雨中的伞，让我们做别人最及时的贵人。

伞是开在心底的花

两周前的那个早上，城市的上空是大朵大朵的云，那是一个晴朗的日子。我和同事谭丽奉命去邻市出公差，并不算太复杂的工作，往返的城铁票也早已订好。

到了邻市，天空格外蓝，就像我们快乐的心情，美成了一幅动人的画。我们兴冲冲地赶往客户厂家，按照老板事先的交代，顺利和客户进行了沟通，愉快地达成了共识。在客户那里简单地用了午餐，我们就按原计划准备返程了。

邻市本来就不大，城铁站也并不远，谭丽提议步行过去，我也没有异议。在大城市待久了，邻市这样的小城显得格外有趣，走到哪里都是新鲜的画面，每条小巷深处都藏着故事。我们在一条小巷走着，灰色的墙壁很有年代感。“咦，墙壁怎么越来越黑了？”我还在纳闷着，一抬头，早已没有了蓝天和白云，天空仿佛快压到我们的头顶。

很快，豆大的雨珠落下了，我们沿着小巷的屋檐走了出来。街道也是灰色的，没有什么车子经过，甚至也没有行人。谭丽掏出手机打车，软件显示附近没有车可坐，接单时限到了也没司机响应。我说：“小谭，我们还是找家商店买把伞吧。”然而，附近并没有商店，只有一扇扇紧闭的门。

后来，我们看到一扇开着的门，里面有个坐在轮椅上的三十多岁的男人。本来男人脸上平静得像一片湖水，见我们走进去，顿时有了春风般的笑容。当谭丽提出借伞时，男人非常爽快地答应了，还挑了一把家里最大、最结实的伞。谭丽发愁地说：“借伞容易，还伞难。”于是掏出五十块钱给男人，男人却怎么也不肯收。

男人淡淡地说：“借把伞，多大点儿事，我又不是卖伞的。听口音，你们是外地的，以后再来这里，把伞带回来就是了。”谭丽一边道谢，一边留下了男人的联系方式。离开时，谭丽认真地说：“我会把伞寄回来的。”在雨天，我们和一个陌生人、好心的陌生人有了一次美好的告别。

伞撑起来了，雨被挡到伞外，通往城铁站的心情也好了起来。谭丽欢喜地说：“小城有故事，小城的风景格外美，小城的人也格外好。你看这伞，像不像一朵花，这朵花不仅开在异乡的雨天，更是开在我们的心底。”一把伞萌发了谭丽的诗情，其实身临其境的我，同样也感同身受。

返程后，谭丽立即准备寄伞，甚至准备联系快递取件。可是，她找来找去，却找不到记着借伞男人联系方式的纸条了。谭丽愁眉不展地说："难道我要做一个言而无信的人？"一连两周，谭丽都为还伞这件事而烦恼，甚至脸上都难有一丝笑意。

想来想去，谭丽决定再去一次邻市，亲自把伞还给借伞的男人。这天是周六，天气格外晴朗，阳光仿佛在皮肤上燃烧，谭丽毅然踏上了去那座小城的城铁。按预计的时间，谭丽晚饭前就会返回，我们还有一个聚餐活动。可是，谭丽在晚饭时间告诉我："路哥，我回不来了，具体情况回来再说。"

后来才知，谭丽去还伞扑了空，男人有事外出了，邻居告知大概两个小时后返回。谭丽想："伞是心底的花，我一定要当面道谢，让借伞的人感受到诚信的芬芳，让他继续持有那份热忱和信任。"可是，两个小时后，男人并没有回来。谭丽足足等了五个小时，男人才回到家中，听闻谭丽此行是专程还伞，他感到十分惊讶。

为了等借伞的男人回来，谭丽误了返程的城铁，也误了我们的聚餐，还得掏钱住一宿酒店。当我们问谭丽"值不值"时，她笑着说："伞是开在心底的花，而有借有还的诚信，可以让心底的花，开得更葱茏、更绚烂。"

我也要做一支风中之烛

那是一家台湾独资的印刷厂，老板是位严肃刻板的老人，老板的侄子担任经理的职务。经理长得很像偶像剧中的明道，我们先是私底下喊他明哥，后来公开也开始喊他明哥。经理一点儿也不在意我们这么叫，他的名字里本来就有一个“明”，年纪也没比我们大许多。

当然，身为经理，明哥也不可能和我们打成一片，更多的时候还会摆出一副臭脸。我们很少见明哥露出笑脸的样子，为了验收我们的工作成果，他总是皱着眉头反复检查，时不时还会批评我们几句。我和我的工友都被明哥臭骂过好多次，有一次我们外出晚归，还被他关在了厂门之外。不过，明哥心情好的时候，脸上却是春风般的笑容。这时候，厂里年轻的女工友便露出花痴的表情，兴奋地交头接耳：“像明道，像明道，太像明道了。”

久了，我也有一些和明哥交流的机会，明哥语重心长地说：“产品是工厂的核心竞争力，我不得不对你们高标准严要求。你们的青春丢在了这里，我也不会眼睁睁地看你们蹉跎浪费。我也曾经生活在人生的暗夜里，我总是把那些严苛当作光芒，循着光芒可以追逐更大的光明。”明哥诗一样的语言，深深地触动了我，那些被责备的日子，曾经的难受、抵触甚至愤怒，立即烟消云散了。

工作不忙的时候，我喜欢骑着买来的二手单车去郊外，吹一吹清新的风，闻一闻野草的清香，或者在花丛里发会儿呆。后来，明哥也买了辆单车，那是一辆价值几千元的高端单车。我们经常相约着出行，不再聊工作，不再聊事业，而是给心好好地放个假，和大自然进行亲密的接触。

一日，在城郊的湿地公园，我们遇见了一位摘野菜的老妇人。老妇人在那边辛苦地摘菜，我们悠闲地喝着功能饮料，看着在厂区欣赏不到的蓝天。这时，明哥却跑到了老妇人旁边，闲聊了几句后，竟然给老妇人当起了帮手。原来，老妇人的儿子在打工，收入不高，她想摘点儿野菜去卖，为儿子贴补一下家用。明哥笑着说：“举手之劳，有时候也是一种力量，可以给努力生活的人希望和勇气。”

和明哥一起骑行的日子，他常常都闲不住，比如会捡拾路边的水瓶或纸屑塞进垃圾桶，比如会扶老人家过车水马龙的马路，比如为流浪歌手鼓掌或略尽心意。这时候的明哥，没有让人望而生畏的扑克牌脸，脸上总是挂着暖暖的笑意。

我认真地说："明哥，你真的是一个非常有爱心的人，你的头顶有一种看不见的光环。"明哥笑着说："我们每个人都是发光体，都有理由散发自己的光芒。"

后来，明哥还跟我聊起他在澳洲留学的经历。那时候，明哥孤身前往澳大利亚墨尔本留学，在那里一个认识的朋友都没有，周末还要去日餐厅洗碗赚生活费。最开始，在明哥的眼里，墨尔本蓝色的天空都是灰色的，他的心情阴沉得像大雨将至的天空。可是，慢慢地，明哥发现各色皮肤的校友都很友善，各种联谊活动都会邀请初来乍到的明哥。日餐厅的老板和其他员工对他也很和气，明哥入职第五天就是自己的生日，大家还为他准备了隆重的生日宴会。

渐渐地，明哥的世界开始放晴，他每天都被温暖的阳光晒得能量十足。一日，明哥看到一篇文章说，风中之烛也可以照亮世界，不吝啬于分享爱心的人，可以给世界最大的光芒和温暖，而最终自己也会被幸福包围。于是，明哥暗暗决定做一支风中之烛，不管那光芒是多么微弱，他都愿意努力地绽放。

明哥的话是那么打动人心，让我那颗曾经麻木的心，也开始蠢蠢欲动起来。对，我也要做一支风中之烛，像明哥一样，像所有温暖的人一样，传递自己爱的光芒。

扶　门

一次，我负责为公司招聘新人，老总的要求是学历、经验和外形都在其次，最重要的是素质要高、人品要好。我觉得这并不是件容易的事，求职者面试时都会彬彬有礼，谈吐也会如操练过般得体，几分钟的接触很难看透一个人。

我还是按照正常的程序面试求职者，最后列出了一些综合条件不错的人员名单。然而，职位只有一个，我必须在里面优中选优。到底谁才是老总想要的人？到底谁才是素质最好的员工？下决定之前，我很是费了一些脑筋，依旧没有很明晰的结果。

这时，老总刚好走了过来，很快就发现了我的窘况，问道："在为招聘的事情发愁吧？" 老总捧起我留下的那一叠简历，快速地浏览起来，又像在寻找着什么。很快，老总从其中抽出一份简历，非常肯定地说："是他，就是他了，你通知他明天来上班。"

那个叫聪的男孩子，一副其貌不扬的样子，毕业于一所很普通的三本院校，正式的工作经验几乎等于零。我之所以留下他的简历，大概是面试时他得体的谈吐和令人眼花缭乱的兼职经历，让我印象深刻罢了。可是，比他强的求职者有好几个，我实在看不出他脱颖而出的原因。

我忍不住问老总："为什么是他？"老总笑着说："我可不是拍拍脑门，胡乱下的决定。"说完，老总带我来到大厦监控室，很快画面"回"到了面试前。大厦门口，来面试的求职者推门而入，当然也包括求职心切的聪。再看却有些不一样，别的求职者进去就放手了，而聪推门而入后，却没有立即"登堂入室"，而是在看到有后来者时，继续很绅士地扶着门，让后面的求职者进去。可是，后面的人并没有"接力"的意识，大都心安理得地大步向前。而聪一直扶门，等求职者进得差不多，他才匆匆地赶往面试现场——没准有人把他当作了大厦的门童。

除了那群求职者，老总也是聪扶门的受益者。老总很感慨地说："最好的素质、最好的人品，是绝对装不出来的。扶门，其实是最基本的礼貌，但是这小小的举动，却被很多人忘记了。比起那些面试时的彬彬有礼，这些自然养成的好习惯，无疑才是最值得推崇的美德。"老总说的话让我深受感触，原来招聘并不那么简单，每个人才的引入也不能含糊。老总接着说："很多时候，我们都羡慕天资聪颖的人，其实好的品格才能决定自己的人生。戏剧大师莎士比亚说过，品格是一个人的内在，名誉是一个人的外貌。我们的企业需要更多有品格的人，任何技能，不管是技术上还是销售上，都是可以通过慢慢地积累达成的。然而，好的品格却是可遇而不可求的，培养绅士也永远比培养工程师要难得多。

显然，老总给我上的不仅仅是职场课，更是做人、做事的人生课。

你没有迟到的理由

一次，我帮妹妹送她女儿小晶上学，由于我对路线不熟，送过去的时候迟到了。老师的脸色有些难看，小晶连忙说：“都是我的错，出门太晚了。”而我也不好意思让小晶背黑锅，很认真地解释：“都怪我临时代班接送走错了路。”没想到，这位老师依旧严肃，依旧是不容争辩的口气：“迟到就是迟到，我不需要任何的理由。”后来，不管是我代班接送，还是妹妹负责，迟到的事情再也没发生过。

我有个作家朋友，平时都窝在家里写东西，不像职场人士需要上班打卡，可以想什么时候睡就什么时候睡，自然也可以睡到自然醒。这本来是一件挺好的事，属于自己的时间自己完全可以做主。可是，这个作家朋友参加各种活动，常常掐不准时间，一不小心就迟到了。迟到，本来是一件不好意思的事情，可是他总爱这么解释："对不起，我很久没有踩着时间点上班了，对时间的把握出现了偏差。"显然，再好的借口也改变不了迟到的事实，没有人会喜欢一个没有时间观念的人。

曾经给一个领导做秘书，领导总是压轴出场的，然后大家给予雷鸣般的掌声。在我看来，领导绝对有迟到的资格，因为大家也习惯了领导的姗姗来迟。可是，领导却从不迟到，甚至比其他与会人员来得还早。只不过，领导会在会议安排的房间休息，直到所有人到齐了才登场。领导毫无保留地跟我说："大家让我压轴出场，那是抬举我，而这并不是我迟到的理由。我没有理由迟到，我也不允许自己迟到，如果连时间都把握不好，又怎么管理手下的那么多人？"

有一家杂志社招人，我去面谈，谈来谈去谈得还不错，就是离我家太远了，这让我不由得想打退堂鼓。社长可能是求贤若渴，竟然跟我说："你住得远，我给你迟到的特权，别人九点上班，你迟到半个甚至一个小时，我不会追究，更不会扣你薪水。"当"迟到"变成一种特权、一种福利时，我却不敢欣然接纳。我不想每天在众目睽睽之下晚到，也不想做一个特立独行的职场新人，我宁愿因为尊重规则而放弃这次机会，也不愿意成为一个不讨喜的另类。

比起生活中很多好的习惯、品德，不迟到看上去好像是小事情，是那么微不足道、不足挂齿。其实不然，迟到表面上看是自己的事，实际上也会影响他人，轻则浪费他人的时间，影响他人的计划、进度，重则会导致团体混乱甚至造成巨大的损失。

“你没有迟到的理由”，这并非谁对我们的苛责，而是我们对自己的基本要求，它是人生最不可或缺的格调和风度。

真诚是最好的通行证

眼看就要到午餐时间，面试也到了最后关头，数百人只留下十来个人，可是行销经理的职位只有一个。之前经历了魔鬼程序般的考核，我们都不知道主考官最后会如何出招，心底忐忑不安地等待着。

没想到，我们悬而未决的午餐，竟然成了面试考核的内容。当然，公司并没请我们用员工餐，而是给每人发了十元钱，让大家自行解决温饱问题。考核的内容是，谁在最短的时间，花最少的钱，和最多的陌生人吃最好的大餐，那么谁便是最后的胜出者。

十元钱，别说和一堆人吃大餐，就算是一个人吃份盒饭，恐怕都别想见到肉星子。可想而知，这几乎是一项不可能完成的任务，这哪里是面试的考核，纯粹是拿求职者开涮。坦白地说，我自己都开始打退堂鼓，对求职成功也不准备抱什么希望了。

几个求职者在交头接耳：“咱们吃完盒饭了就走人吧”“十元钱能买一小份牛肉面吗”……当然，牢骚归牢骚，没有人轻易选择放弃，毕竟工作的机会难求。于是，有的人走向了路人，有的人开始拨电话求援，有的人埋头冥思苦想……

我低着头走在街上，灵感迟迟没有光临。这时，我意外地看见同行的求职者小汤耷拉着脑袋从一家酒店走出来。那家酒店公告牌上介绍，有几场婚宴正在进行。想必小汤是想蒙混过关，吃一顿喜庆的“霸王餐”，却被轰出来了。

“求个职，可真不容易。”我嘟囔着，突然之间，一丝灵光闪过。小汤的遭遇我暗暗同情，不过也给了我不小的提示。我稍微将小汤的策略优化了一下，然后便顺利地进入了婚宴现场，和四十多桌的婚宴宾客一起吃大餐，目测每桌酒席菜肴加酒水不少于三千元。

毫无悬念，我以绝对的优势战胜了其他求职者，成了面试笑到最后的那个人。那些失败的求职者，大部分人别说跟陌生人共进大餐，连自己的肚子都没填饱。有人就不服气了：“只花一块八，却和四百多人一起吃大餐，你到底是怎么做到的？”还有人直接起哄：“兄弟，你该不会是包了个大红包吧？面试可不许作弊哦。”

我笑着跟他们讲我用一块八吃大餐的故事——

见小汤被赶出来后，我包了个一块八的红包递给新郎、新娘。我开诚布公地对他们说：“这是一个一块八的吉利红包，我祝你们白头偕老、永结同心。”新娘粉脸顿时变了颜色，气呼呼地说：“我们不认识你，你可以……”没等那个“滚”字出口，我便非常诚恳地说：“我现在在求职，面试考核就是花最少的钱，和最多的陌生人吃大餐。我很需要这份工作，面试结束不管成败，我都愿意补一份像样的红包。”

然后，新郎说话了：“我们也品尝过找工作的滋味，通过不断的努力才在这座城市站稳脚跟，今年才在市区买了一套九十平方米的小房子，建立了属于自己的小家庭。你的一块八的红包我们接受了，至于补红包还是免了，我们祝你好运。”新郎、新娘来敬酒时，敬完我们这一桌的客人后，还特地和我单独碰杯。

最后，我很认真地说：“不管是做人，还是对待工作，真诚恐怕是最好的通行证。或许真诚并不一定每次都让我们笑到最后，但是努力让真诚像鲜花一样绽放，不仅可以让你面前的人收获芬芳，最终花香弥漫的还是自己的内心。”

过多久都要说的“谢谢”

离开家乡的时间越来越长了，长到都有了一种越来越强烈的错觉——故乡俨然成了越来越模糊的远方，而远方却成了越来越清晰的故乡。

最初，父亲是跟着我们的，但是他总眷恋着故乡，眷恋故乡的水，故乡的皮蛋、盐蛋，还有故乡的那些人。他总要我回去走走，我却总用忙来搪塞，一年回不了两次故乡。后来，父亲坚持回去，成了故乡的人，也成了我们的牵挂。

不管什么时候回去，他都会带我去走亲访友，特别是看望一些老一辈的亲戚。他总说：“你小的时候，他们都很疼你，现在你成人了，看望他们是应该的，也不知道下次看不看得到。”我不是太容易把“谢谢”说出口的人，顶多就是父亲的一个跟班，就像小的时候一样。次数多了，我不怎么爱回故乡，回故乡也总是“关进小屋成一统”，父亲总是不住地摇头。

再后来，我回故乡的次数多了，每次都大包小包地往家里带礼物。小镇的街坊也开始说：“老路的儿子出息了。”而父亲总是谦卑地回应，“托您的福，没有街坊们关心，大勇哪能有今天的成绩？”说着，就把我带回的坚果和糖分给邻居的小孩。父亲还会拉着我的手说：“这是陈叔，小时候常带你去钓鱼。”“你得谢谢吴老师，她教过你三年的书法课。”“你吃过杨婆婆多少糖，我都不记得了。”我总是不停地点头，或者发烟、发糖，内心深处却是尴尬的。

去年夏天，我有一段不长不短的假期，想出国旅游时间又不怎么够，太近的地方也不太想去，便回到了故乡的老屋。我刚到家，父亲就神神秘秘地说：“大勇，这一次，我要带你去见几个人，这是必须要见的几个人。”父亲要带我见的是彭伯和郭厂长，以前跟我们住在一条街，现在早搬走了。大热天，我不太愿意东奔西走，就跟父亲说：“要不等凉快些，我们再去看彭伯和郭厂长，这种热坏人的天气，还是不要出门的好。”

然而，父亲根本不听，坚持要带我去。于是，我买了礼物，先后登了彭伯和郭厂长家的门。见我和父亲登门，彭伯虽然热情洋溢，但是也藏不住一脸的疑惑。父亲开门见山地说：“这是犬子，十多年前他坠河，若不是有您搭救，恐怕早就见阎罗王了。”我也忙不迭地说“谢谢”，心底却是责怪父亲的：都那么久了，当时也好好地谢过，还需要这样大张旗鼓地专门登门致谢吗？彭伯一边客套，一边感慨地说："懂得感恩也是一种美德。"

后来，我们又去拜访了郭厂长。郭厂长早已退休赋闲在家，两鬓也已变白。父亲非常诚恳地说："这是过多久都要说的'谢谢'，救命之恩怎么谢都不过分。"郭厂长动情地说："遇到当时的情形，不光是老彭和我，不管是谁都会施以援手，我们不过是举手之劳，没想到你们却感恩了这么多年。"父亲说："其实早该来道谢，只是孩子的时间太少，前几年又一事无成，所以才拖到今时今日，把藏在心底的谢意好好地说出来。"

父亲的话让我汗颜，我总是习惯了搪塞，却忘了适时的感恩。有些情谊过多久都要说声"谢谢"，有些人过多久都要好好地鞠个躬，我也要做一个跟父亲一样懂得感恩、有格调的人。

如约而至的红包

“各位亲，我的狗狗不见了，有提供寻狗线索者，我会发两百元红包酬谢。”一打开小区的业主群，我就看到了这样一则消息。看网名，应该是一个很少冒泡的女邻居，估计寻狗寻得毫无头绪，便来业主群求助了。

我进了女邻居的空间，在相册里，看到了一个年轻的女孩，还有她那只并不名贵却可爱十足的狗。年轻女孩便是这位女邻居，她的空间不仅有许多她和狗的照片，日志里还有许多原创的养狗心得，而最近的说说都与寻狗有关。

我自作主张地在群里发了那只丢失的狗的照片，号召群里的邻居帮忙留意或寻找。女孩并不介意，还对我说：“谢谢这位邻居，我真的很喜欢这只狗，如果谁给了寻狗的线索，我一定会奉上红包感谢，绝不食言。”虽然邻居们纷纷表示大可不必酬谢，但是女孩却非常坚持。

一天，两天，三天过去了……女孩一次次重复着自己的寻狗信息，一次次重复着自己关于寻狗酬谢的承诺，可是并没有任何人告知狗的下落。当然，在业主群里聊得热火朝天的邻居并没忘记女孩丢失的狗，大家时不时就会转发女邻居的信息，同时也会对身边的人提起这件事。

第五天，一位不常住在小区的邻居发出一张照片，照片中的狗很像是女孩丢失的那只狗。它竟然跑到了城市的另一头，我们都觉得不可思议。而女孩一眼认出了自己的狗，非常笃定这就是自己日思夜想的狗。好心的邻居告知了拍摄地点，并留下了自己的联系方式，等待女孩的到来。

很快，女孩便乘公交、转地铁，来到了城市的另一头，和好心的邻居碰了头。等这位邻居带着女孩去拍摄地点时，狗的影子却不见了。原来，那里有一群动物保护组织的年轻人，他们会收留那些无家可归的动物，同时拦截被贩卖打算宰杀的动物，然后送给真正喜爱动物的人收养。

在这位邻居的帮助下，女孩好不容易找到该组织联系人的电话，却被告知她丢失的狗和其他动物，已经被送到了几百里之外的某座城市，而且大部分的动物也找到了收养人。当女孩进一步要求提供收养人的联系方式时，却被那位联系人婉言拒绝了："对不起，恕我们无法满足您的要求，但是请相信丢失的狗会得到善待。"

本以为是一个失而复得的喜剧，没想到结局却是如此残酷，这让女孩的心情陷入了阴郁之中。好心的邻居不知道说什么好，和女孩道别后就忙自己的事去了。这件事本来也就宣告结束了，不管生活中插播的是喜剧还是悲剧，日子还是要一如既往地向前，没有谁会停留在原处。

然而，让人意外的是，几天后，帮忙寻狗的这位邻居晒出一张网转红包的截屏，还说："我虽然提供了寻狗的信息，但是并没协助女孩找到狗，没想到她还是坚持转了红包给我。"很快，女孩就回话了："这不过是如约而至的红包，没有人可以忽视自己的承诺。一份承诺就是一份契约，忽视契约，损失的不仅仅是别人的信任，更是自己做人的尊严和底线。"

女孩此言一出，震撼了群里的所有邻居，点赞的表情也如雨后春笋般冒出来。

把车停好也是一种美德

表妹雯雯是个漂亮的女孩，漂亮的女孩总有很多人追。雯雯的老爸老妈说了：“雯雯，你和谁谈恋爱我们不干涉，不过到了谈婚论嫁我们必须把关。”雯雯很懂事，常常刚和男生交往，就找机会带回来“见家长”。因为种种原因，雯雯交往过的几个男生，不是雯雯不满意，就是她的老爸老妈不肯点头，最后都不了了之。

前不久，雯雯认识了一个叫小葱的男生。小葱家境好，他老爸在本市有一家很厉害的企业，老妈是常上电视台的知名律师。小葱跟别的富二代不一样，他不仅没有衣来伸手、饭来张口，还创立了自己的文化公司，他住的房子、开的车子都是自己赚钱买的。

雯雯带小葱见过几次朋友，朋友们对小葱的印象都很好。

朋友们说：“小葱家境好，自己也会赚钱，对朋友既和气又慷慨，到哪里找这样的人？”显然，雯雯也是有些心动的，偶尔还会畅想未来的二人世界，也会展望跨入豪门的日子。

按照惯例，雯雯带小葱回来见老爸老妈。雯雯和小葱来得早，老妈在家里准备午饭，老爸开车去市场买菜未归。小葱嘴甜，一口一个“阿姨”地叫着，还作势要去厨房打下手，被雯雯的老妈拦在了外边。雯雯和老妈在厨房里交头接耳，连老妈都忍不住对小葱竖起了大拇指。雯雯的老爸回来时，比预定时间晚了差不多快一个小时。刚进门，老爸就说：“小区车位明明很紧张，不知道是谁不好好停车，一辆车占了两个车位，害我在小区绕了几圈，才勉强把车停下了。”雯雯探头朝楼下看，然后脱口而出：“那是小葱的车。”气氛顿时有些尴尬，直到雯雯的老妈转换话题，情形才略略缓解了一些。

没过多久，雯雯的老妈过生日，请了好多亲友来做客，其中也包括雯雯的男朋友小葱。这次，小葱来得晚，但是准备的礼物很耀眼，是一款价值不菲的玉石项链。亲友们围着小葱问东问西，俨然把他当作乘龙快婿了，言语中是满满的喜欢。很快，生日蛋糕端上了桌，生日蜡烛也点燃了。这时，门外响起了重重的敲门声，敲门声里带着浓浓的怒气。门一开，原来是对面楼栋的邻居，邻居没好气地说：“不管你开的什么豪车，你都不能挡别人的路。要知道，把车停好也是一种美德，开豪车却停不好车，不是土豪，是土鳖。”原来，小葱停车时堵住了别人的车，别人要走的时候动弹不得。小葱硬着头皮下去移车，生日宴被这支小插曲影响了，大家甚至连生日歌都没唱，就匆匆忙忙地分了蛋糕。小葱移完车，亲友们走得差不多了，剩下一大桌没动筷的菜。

后来，雯雯再没带小葱回家，雯雯的老爸老妈也没提起过。直到有一天，小葱跟雯雯说：“好久没去你家了，我有点儿想咱爸咱妈了。”雯雯把小葱的话带了回去，雯雯的老爸只是说了一句：“把车停好也是一种美德。”雯雯把目光转向老妈，老妈直截了当地说：“停不好车，常常不是技术问题，而是有一颗自私的心，我不希望自己的女儿，找一个自私的男朋友。”最后，雯雯拒绝了小葱，坚决得没有半点儿回旋的余地。

比起那些耀眼的财富、地位和权力，更吸引人的还是贯穿于日常的好习惯。好习惯像和煦的阳光、清新的风，让周遭的人不被影响和打扰，从而达成人与人之间最美好的和谐。

给世界一个“公主抱”

广州，中环广场。那是一条没有红绿灯的人行道，午后用过餐的白领们匆忙赶回写字楼。比白领们更着急的是路上的车辆，在本该车让人的状况下，一辆一辆的车却疾驰而过。

人行道上出现了一位很老的老人，伴随老人出行的是个铁架子，高度差不多到老人腰间的位置，老人就这么扶着铁架子出行，两只手还各拎一个塑胶袋。老人步履蹒跚地走在人行道上，身边擦肩而过的年轻人，在车流之中穿过马路，没有人把眼神落到老人身上。老人每走一步都非常缓慢，还不时地喘着气，短短的人行道显得那么遥远。而总有不耐烦的车主，还在不停地摁着喇叭，这让老人更加手足无措，仿佛被围困在了迷网之中。

这时，老人的身后出现了两个外国朋友，前面是一个健硕沉稳的中年男人，后面是一个高大挺拔的年轻男人。很快，两个外国朋友走到了老人的身边，他们一左一右搀扶着老人前行。看着右侧想开过去的小车，中年男人做出停车礼让的手势，小车方才刹住了车。刚走了几步，老人的塑胶袋就掉在地上，两个外国朋友帮忙捡拾时，右侧的车辆都不耐烦地摁响了喇叭，还有车辆趁机见缝插针地穿行。

路上的人都行色匆匆，车辆更是争分夺秒，老人也担忧地问两个外国朋友："你们赶时间吗？"显然，两个外国朋友听不懂中文，并不知道老人要表达的意思。但是，两个外国朋友依旧搀扶着老人穿越人行道，穿越着行人和车辆交织的人行道。终于，在两个外国朋友的陪伴下，老人顺利地走过了人行道，把车流"甩"到了身后。

过了人行道，两个外国朋友并没离开老人的意思，而是继续陪老人踏上了回家的路。有一段上坡路，老人刚走了几步就气喘吁吁，还无可奈何地说："走不动了。"两位外国朋友心领神会，青年男人跟中年男人交流了几句，然后中年男人一手拎起了老人的塑胶袋，另一只手扛着那个沉重的铁架子。接着，年轻男人靠近老人，本以为是一个漂亮的蹲下，然后背起老人向前走。让人大吃一惊的是，年轻男人竟然来了一个"公主抱"，那是男生抱女孩的姿势。年轻男人把老人抱在怀里，老人的眼角有一丝湿润，但更多的却是幸福，幸福得都忘了感谢，也忘了之前艰难的路途。

画面到此结束。这是一条朋友圈分享的视频，两个外国朋友刹那间打动我的心，让我的眼角也湿湿的。虽然我极少在朋友圈转发信息，但是这条“如果没有监控，我们永远看不到这一幕！”的视频，我却第一时间就上传了朋友圈，而且号召我的朋友们都来看。看过的朋友都感动不已，也纷纷把这份感动转发下去。

在生活中，不光是这位风烛残年的老人需要关爱，许许多多的人同样渴望拥有爱，拥有关照，拥有雨中递过来的伞，拥有危难时伸过来的手。而我们不应该总是被他人的善举感动，也不应该总是渴盼被呵护的感觉，我们也要适时奉献自己的力量，给需要帮助的人、给整个世界一个温暖的“公主抱”。

谁都可能一不小心遇到贵人

那段时间，老婆看中了城郊大学城的一间门面，她对门面的位置和租金都比较满意。可是，高达五万元的转让费却让我们拿不定主意，就决定连续两周全天“暗访”，再决定门面到底接还是不接。

由于城郊到市区的巴士收班早，老婆返程的时间却又很晚，我只好每天开车接她回家。天晚了，市区到城郊的巴士也不多，载客的是俗称“面的”的面包车。我开车的过程中，总能看到几辆满载乘客的“面的”在路上跑。

一次，我在路边遇到一位满头银发的老奶奶。老奶奶说，她在等回城郊的“面的”，她还说坐“面的”回家经济实惠，所以她选择拼车。看到这位老奶奶，我就会想起自己年迈的奶奶，不由得心生怜惜，便邀请她坐我的免费顺风车。老奶奶很感激我，不停地说："小伙子，该怎么谢你好呢？"我摇摇头说："谁都有奶奶，您就像我的奶奶一样，我做的只是一个孙子该做的事。"老奶奶微微泛泪，安静地坐在副驾驶座上，脸色是那样的波澜不惊，那是穿越岁月后的安详和美好。

一连几天，我都会遇到这位老奶奶，每次都顺便"捎"她回家。有一次，我出发得有些早，在路口并没看到老奶奶，就特意停下来歇了一小会儿。不久后，老奶奶如期而至，见到守候在路边的我，脸上绽放出花朵般的笑容，还一句接一句地说"谢谢"。一个多星期了，老奶奶都是我车中的乘客，我们一起在夜色中走向大学城。开车的过程中，我们也会轻松地聊聊天，老奶奶会提她的那个大家族的故事，而我也想念在老家的奶奶。当然，我也会跟老奶奶提租门面的事情，坦陈我和老婆窘迫的经济状况以及对这个门面的看好。

大概是和老奶奶见面的第十天，老奶奶搭顺风车时认真地告诉我："年轻人，那个门面我知道，门面的租户并没有转让权，而且还有一周门面到期，房东不会再租给他了……"老奶奶的话让我非常震惊，我们几乎要掏的五万元转让费，竟然有打水漂的风险。不过，老奶奶及时提供的信息，无疑又是黑暗中的一束光，顿时照亮了我们的心，老婆开店的希望也骤增。

门面到期后，我和老婆来到了大学城，希望顺利地从房东手中租到门面。那个之前的租户真的走了，门面大门紧锁着，只有一张刚贴上去的招租启事。我们赶紧拨通了电话，联系房东见面聊聊出租事宜。很快就来了一个二十出头的年轻人，让我大吃一惊的是，年轻人身后竟然是搭顺风车的老奶奶。那间门面的房东原来是老奶奶的孙子，无巧不成书的事情竟然被我碰上了。

老奶奶对年轻人说：“乖孙子，这就是那个送我回家的好心人，把你的门面租给他绝对放心，他们不会像上一个租户那般不靠谱。”老奶奶显然是我们的贵人，她不仅给了我们最新、最真实的信息，让我们不必掏高额的转让费，而且还让她的孙子在租金方面给我们九折的优惠。老婆笑着说：“亲爱的，人家老奶奶才坐你十次顺风车，我们现在却省了大几万，你说咱们的运气是不是太好了？”

我一本正经地对老婆说：“我们并不知道自己人生的贵人在何处，路边的老奶奶也可能就是个普普通通的老人家。但是，我们应该永远保持一颗善心、一份友好的情怀和一种永不放弃的决心。这样我们才有机会遇到贵人，获得梦寐以求的机会，走入人生的上升通道。”

不用急，谁都有可能遇到贵人，此前的所有等待和煎熬，都是最后幸福和辉煌的基石。

可不可以不做“借道王”

我是一个快乐的小白领，花了十来万元买了辆新车，很多人都说：“小路的快乐升级了！”有车当然和没车的日子不一样，最起码我开始享受惬意的速度，还有速度带来的诸多便捷。

可是，没几天，我的快乐却开始打折了、缩水了。我预期中的快乐还没到巅峰，便开始直线下降，给了我不小的打击。开车上下班后，我养车、用车的开支压得我喘不过气来，新手上路还被扣了几次分，罚了几次款，同事借车，归还时车子挂了彩。更让我郁闷的是，小车带来的速度感越来越不明显，城市的红绿灯越来越多，几乎三步一哨、五步一岗，堵车更如家常便饭，想按喇叭发泄——抱歉，城区禁鸣，冲动的手只能无奈地收回去。

于是，开车的我开始争分夺秒，生怕慢一拍便会被远远地甩在车流之后。通过资深车友指教，我开始“不走寻常路”，也偷偷学一些公交车、的士或别的小车，将自己的车开到了非机动车道。非机动车道果然是“别有洞天”，不受红绿灯“干扰”，没有拥堵的车流，行驶起来畅通多了。

听了资深车友的开解，我在非机动车的“地盘”上“喧宾夺主”，甚至比他们还牛几分。无辜的非机动车车主东躲西藏，甚至“避”到了人行道，来躲避我们这些借道的机动车。虽然，偶尔有人会怨声载道，甚至会大声地斥责，我却充耳不闻地享受起驾驶的快乐。借道行驶节约的时间虽然少，但是积少成多却也是不小的收获。时间长了，熟悉的车友称我为“借道王”，我也为有这样牛气的绰号而沾沾自喜。我的快乐车生活继续进行中，没想到不久后却被一个外国人给搅了——

这天，交通又陷入了拥堵的状况，焦躁不安的我又开始变道，准备在非机动车道“独辟蹊径”。可是，变道的过程中，擦到了一个骑单车的外国人，准确地说是一个洋老太太。凭借我的经验，顶多擦脏了衣服，不至于造成太严重的后果。可是，没想到，洋老太太双手一横，不让我继续通行了。我赶紧下车，然后毕恭毕敬地向她道歉，也希望她让我顺利地进入非机动车道。可是，洋老太太拍了拍身上的尘土，并没指出自己哪里受伤，却指着拥堵的机动车道，用不太熟练的中文夹杂英文说：“NO，请去那边，这边不是你的！ OK？”

我受到了空前的挑战，可是执拗的洋老太太不肯“放行”。最终，我还是回到了机动车道，回到了属于自己的“轨道”，慢悠悠地朝前行进。“借道王”与洋老太太对峙，我以失败收场，是洋老太太的交通规则意识让她胜出，我惭愧得脸红到了脖子。我默默地告诉自己，再也不会做“借道王”，宁可早起半个小时或者不开车，也不做别人眼里的“反面典型”了。

可不可以不做“借道王”？答案很简单，当我们抱怨车难开、路难走的时候，其实不妨从循规蹈矩的各行其道开始，只有拥有尊重规则、尊重他人的意识，你才能收获更多的美好与和谐。

可爱的专一

一生很长，一生也很短，一生的时间或许就在弹指之间。一生只做一件事，其实也是一种专一的表现，就像一生都在移山的愚公。或许山依旧，愚公也有蛮干的嫌疑，但是后世多少人都铭记愚公。

成功的秘诀有千万种，天赋和运气是必不可少的因素，然而执着却是无法回避的决定性因素。一生只做一件事，不是一条道走到黑，而是从深夜走到黎明时分，从黑黢黢的黑暗走向灿烂的光明。听过很多作家脱颖而出的故事，无非是数年如一日、数十年如一日的坚持，文字就是作家的全世界，作家的全世界都是文字。或许在尚未获得成就的时候，那些笔耕的日子是艰辛甚至是无望的，但是作家与文字的那份交融是真实的，那份专注的热情和姿态让人倾心。当别人在喝茶、饮酒时他在写作，当别人在泡脚、打麻将时他在写作，当别人在以种种方式挥霍光阴时他在写作，最终当别人两手空空、年华老去时，作家却收获了许多优秀作品。

一生只做一件事，到了爱情的世界，就是一生只爱一个人。专一不仅仅是一种精神，更是一种非常难得的品质。最近，看到一个很感人的爱情故事：一个男孩爱上一个女孩，女孩去哪里念书，男孩就拼命争取去哪里念书，女孩去哪个国家留学，男孩也铆足劲要跟去留学，女孩在国外留学的城市变了，男孩的目的地也跟着变。男孩不仅跟女孩一样是好学生，男孩更是一个不折不扣的好恋人。最终，男孩赢得了女孩的芳心，八年的单恋变成了甜蜜相依。显然，男孩赢得美人心，不仅是因为男孩的学习好，更是因为男孩对爱情的专注，八年里哪怕看不到希望依旧无怨无悔，那么专一地爱着一个人，把爱情当作自己唯一的“事业”，不感动女孩才怪。

同时，我又看到了另一个版本的八年之恋，那不是到最后才尘埃落定的恋情，爱情之花在八年前便开始绽放了。在爱情速食的年代，有多少爱情能从容地走过八年？八年之后，他们依旧相亲相爱，这是多么美好的一件事。可是，男孩父母嫌弃女孩的家境，这份嫌弃八年如一日，也让他们的爱情得不到想要的祝福。男孩不再去争取父母的“首肯”，而是满怀无奈地说：“亲爱的，我们试分手五年，如果五年之后还相爱，而父母也不再反对，我们就选择婚姻。”八年加上五年，女孩的一生有几个美丽的八年？又有几个忐忑的五年？试分手其实是无解的告别。

爱情的得与不得，或许受太多外在的因素影响，然而有没有把爱情进行到底的勇气、一生只爱一个人的魄力，才是爱情之花旺盛或凋零的根本。当然，不仅仅是爱情，实现人生所有的目标都在于专一，足见专一是多么可爱、可贵的力量。

你是我的守护神

买房之前，我们在城中村租房子，那是一套五层楼的私房。城中村的房子破破烂烂，环境也好不到哪里去，少有房东会住在这里。

我们住的这栋房子，一楼有位上了年纪的老人，那是房东的老父亲。老人有一间小小的房间，房间里陈设简单，只有一台电视和一部电话。饭点会有人送饭来，吃完饭，老人会在房前摆张躺椅，听听收音机里的楚剧和京剧，或者小睡片刻。好几次，房东来找老人："爸，我们有了自己的新房子，邻居们也都搬去了新地方，你何必还留在这里？"老人笑着说："老房子住惯了，我舍不得离开，我想继续守护自己的家。"房东拗不过老人，也只好随老人去，但是会安排人按时给老人送饭，也会帮老人替换要换洗的衣服。

过了一段时间，老人跟我们熟悉了，他饱经风霜的脸庞满是笑意。有时候，老人还会提醒我们说：“出门时，记得锁好门窗，安全第一。”最开始，我们还记在心里，久了却也不在意了。我们还说：“不是有爷爷您在吗，小偷也不敢轻举妄动的。”老人无奈地摇摇头，说：“我一个人的力量是有限的，基本的安全意识不能少。”说归说，老人却很少离开这栋房子，遇到有陌生人想要进门或上楼，老人都会上前仔细盘问。如果来人不是探亲或访友，老人就会阻止对方进门。

到了午夜十二点，老人就会关上一楼的门，这给晚归的我们带来了不便。于是，我们和老人交涉：“爷爷，不要关门，行不行？”老人很严肃地说：“三更半夜，大门不关，岂不是让小偷长驱直入？”后来，老人给每个房间发了把钥匙，可是我们并不总记得带钥匙，或者因为合租的原因没有钥匙，只能半夜去劳烦老人开门。老人总是和和气气的，丝毫没有不耐烦的表现。有时候，我们歉意连连，老人笑着说：“你们就是我晚归的儿子或孙子，看着你们安全回家，我比什么都开心。”

坦白地说，城中村的治安真的不行，常常有入室盗窃的案件发生，不是这家丢了笔记本电脑，就是那家的电动车被偷了电池。最让人震惊的是，有一家租户的女儿要结婚，婚礼前夜嫁妆被洗劫一空，混乱而糟糕的场面可想而知。而我们这栋私房却从未丢过东西，老人无疑是最大的功臣。有时候，我不由得有一种错觉，老人不是房东的老父亲，俨然就是我自己的爷爷。

在那栋房子里住了两年多，城中村拆迁的日子到了，有了点儿积蓄的我按揭了一套二手房，准备搬家开始新生活。临走时，我送了几本历史类图书给老人，还跟老人说：“谢谢您守护了我们这么多年，您永远都是我心目中的守护神。”老人拉着我的手，很是不舍，仿佛送别自己的亲人。

再后来，城中村变成了高大上的住宅小区，我每次经过都会驻足停留好长时间。次数多了，我知道自己在找老人，然而老人已不知所踪。我想老人一定和家人住在一起了，他一定像曾经守护我们一样，在安安静静地守护着自己的家人。

幸福像花儿一般绽放。

五床黑心棉里的良心

那一年，千军万马闯独木桥，他硬生生地从桥上“掉”了下来。虽然不能以新生的身份进入校园，他却没有放弃走向象牙塔的决心。于是，他在心仪的高校找了一份工作，哪怕接下来工作换了又换，工作地点依旧在高校，从来没想过要离开。

四年过去了，那些跟他一起进高校的学子离开了，而他依旧选择留下来工作。在高校待久了，他渐渐地有了一种意识，赚学生的钱或许是一条捷径，可以最稳步、最快捷地积累财富。又一年，新的一批学子从四面八方如潮水般涌来，他看到了金灿灿的商机。迎新时，他摆了个卖棉被的小摊子，希望通过卖棉被赚一桶金。遗憾的是，别的小贩大赚特赚，他却只卖出五床棉被。

迎新的商机转眼即逝，他开始寻找新的经营路子，却处在前途渺茫的阶段。一天，他在媒体上看到一则新闻，XX 批发点大量出售黑心棉，这些黑心棉大量流入各大高校。很快，他就意识到，自己卖出的五床棉被，其实就来自这家批发点。他想："我虽然只是个临时小贩，但是我会为自己卖出的商品负责，我一定要追回那些卖出的棉被，并给予买者两倍的赔偿。"

他花了很多时间和精力去寻找自己的顾客——那五床黑心棉的主人，他在校园里贴了很多寻人启事，发了很多油印的传单，还在校园的论坛发帖。最后，他还是求助校广播电台，才找到那五位购买棉被的新生，这些新生甚至不知道自己买了黑心棉。不管五位新生怎么拒绝，他坚持要按售价的两倍给予赔偿，他说："这是我必须承担的责任，生意人的诚信其实就是经营的'生命'。"

他的举动不仅感动了这五位学子，更多的师生知道这件事后，他成了这个校园里的热点人物。后来，不管他在校园里出售什么商品，他的摊位前总是挤满了师生，他的商品很快就会销售一空。再后来，他在校园里拥有了一个小小的店，店里的商品越来越丰富，而他一直坚持不卖假货、假一赔二，哪怕并不是自己店里的错。他还被学校的市场管理部门评为"最诚信商铺"，据说他的店是唯一没有经营纠纷的店。

现在，他的诚信小店早已"关门大吉"了，因为他承包了校园里最大的超市，营业额也比以前翻了好多倍，他因此成了高校里的一个美谈。五床黑心棉里映出的良心让他开启了经营之路，而对诚信一如既往的坚持，最终让他毫无悬念地获得更大的财富和成功。

将寻找进行到底

他叫李成奎，是韩国仁川的一位摄影师，每天都会去不同的地方拍摄。而回到家后，最让李成奎快乐的是一只叫巴马的博美犬，巴马每一次都会欣喜地迎接主人的归来，它要在主人的脚下不停地打转。李成奎没有拍摄任务的时候，就会窝在自己小小的家里，陪着同样寂寞的巴马，他们拥有彼此也就不那么寂寞了。

后来的一天，李成奎开车带巴马去仁川的郊外兜风。返程前，李成奎打算给车子加水，去溪边取完水回来时，才发现巴马竟然不见了。这下可把李成奎急坏了，他一遍遍大声地呼唤“巴马”，还开着车子围着附近转，一连转了七八圈，仍然没有看到巴马。最后，李成奎只好将车开回市区，并去动物保护组织备了案，希望能得到帮助。

遗憾的是，一连三天，李成奎都没有巴马的消息，动物保护组织也没有音信。而这三天，李成奎的摄影工作格外繁忙，他只能把心底的惦记和担忧藏到心里。等这三天的工作结束了，李成奎继续重返仁川郊外，再次仔细地搜寻，不放过每一个可能找到巴马的地方，见了人就询问见过巴马没有。

李成奎去了好几次仁川郊外，虽然希望渺茫，但是他并没有放弃对巴马的寻找。再后来，李成奎把寻觅巴马的区域扩大，首先是扩大到仁川繁华的市区，后来又扩大到相邻的其他的城市或乡村。忙完摄影工作，李成奎就会前往一个地方，寻寻觅觅，希望找到巴马。

李成奎从来都不曾想过放弃，但是他的朋友却劝他重新购买或领养一只博美犬。李成奎很坚定地说："不，我一定要将寻找进行到底，巴马一定在某个地方等着我。"李成奎说到做到，他的业余时间都在寻找巴马，哪怕每一次都是无功而返，他也没有一丝一毫的气馁。

就这样，李成奎的寻觅几乎遍及韩国的每一座城市或乡村，可是巴马就像人间蒸发了一般，再也没有出现在李成奎的面前。李成奎把丢失巴马、寻找巴马的经过发在了微博上，网友们几乎一边倒地劝他放弃寻找。

渐渐地，"将寻找进行到底"成了李成奎的口头禅，李成奎还说："或许我找不到心爱的巴马了，但是寻找已然成为我的生活方式。"于是，李成奎寻找巴马的故事总在继续，一方面，网络上对李成奎寻狗事件持续关注；另一方面，李成奎为了寻找巴马，继续四处寻寻觅觅。

终于有一天，《仁川日报》报道了一则消息：一位名叫李成奎的摄影师，在东京仙台找到在仁川丢失的博美犬，摄影师和他的博美犬时隔一年半后重逢。而《仁川日报》还评论道："坚持寻觅，或许不一定会有非常美妙的结果，但是坚持本身已值得赞赏。"

总有一盏灯为你彻夜长明

十多年前，老爸老妈就来到我和小妹生活的城市。他们打些零工维持生计，顺便也照顾我们的生活起居。慢慢地，我们的工作或生意都有了起色，也找到了自己的另一半，建立起属于自己的幸福小家庭。

城市里的房价高，我和小妹买的房子都不大，也都给老爸老妈留了间房。见我们的生活日渐稳定，老爸老妈开始怀念起家乡的生活——那里有着宽敞舒适的老房子，一出门就可以见到老街坊，还有怎么也吃不够的家乡小吃。于是，老爸老妈总吵着要回家，次数多了，我们也只好依了他们。在老爸老妈回家之前，我们翻修了位于老家小镇的房子，房子在小镇一条偏僻的街道上，到了傍晚就黑灯瞎火的。

几个月前的一天，我临时有事要回老家，提前就给老爸老妈打了电话。由于那次出发得晚，再加上路途遥远，到家时已经接近子夜一点。我远远地看见，家门竟然敞开着，堂屋里的那盏灯格外亮，亮光远远地洒到了门外的马路上。突然之间，旅途疲惫的我很感动，午夜时分的那束灯光是那么暖，暖得我心头仿佛有一团火。

等我走进家门，发现老妈还坐在堂屋的凳子上，瘦小的她正摇头晃脑打着瞌睡，自然睡得格外不踏实。我上前，推醒老妈说："给我留门就好，为什么不睡觉，瞧把您给困的。"老妈笑着说："你爸先睡了，我想给你留灯，照亮你回家的路。留门不安全，还是我等你为好，你又不是经常回家。"听她这么说，我又感动又惭愧又心疼，忙不迭地扶她进屋休息。

这次离开时，老爸塞了把钥匙给我，还说会在门前屋檐下装盏灯。这样一来，以后不管我回得多么晚，那盏灯都会照亮我回家的路。听老爸这么说，我顿时心底一动，默默告诉自己，不管回家的路有多么长，我一定要常回家看看。在老爸老妈的目送下，我渐行渐远，而那份牵挂却越来越浓烈、越来越清晰。

没过多久，我给老妈打了个电话："妈，我今天要回家了，可能回得早也可能晚，您就不要等我了。"老妈笑着说："妈不等你，门前的那盏灯会一直等着你。"本打算赶在午夜零点前抵达，可是手头积压的工作做了又做，过了零点都没办法出发。后来，在午夜的寂静中，我披星戴月地往回赶，清晨时分，天空泛白，我才到家，门前果然挂了一盏灯，哪怕在夜色散去的晨曦里，依旧能感受到它的温暖和光芒。

老妈或许是睡得不安稳，或许到了早起的时分，她早早地开始为我准备早餐。我跟老妈打趣道 :“这么大一盏灯，亮了整整一晚，该用多少电啊。”老妈认真地说 :“你妈是节约的人，但是这盏灯一定要亮着，不仅要照亮你回家的路，也要照亮邻居或路人的路，让他们在匆匆夜色里有一点儿慰藉。”

原来，老爸老妈为我装的那盏灯，不仅照亮了我回家的一晚，更成了小镇的一盏路灯，默默地为许许多多的路人彻夜长明。

我听过你的歌，我的大哥哥

电视台举行“XX之星”歌唱比赛，一直在本市各大媒体宣传造势，很快这个比赛就变得人尽皆知了。

我只是一个小公司的小职员，很喜欢当下稳定而平淡的生活，也从来没有做过辉煌的明星梦。可是，我喜欢唱歌，喜欢那种在舞台上对着麦克风唱歌的感觉。更重要的是，我积攒了几十首原创歌曲，这些歌曲“养在深闺人未识”。我想把这些原创歌曲唱给很多人听，希望这些歌曲能够打动一些人，甚至给他们带来对爱情的憧憬和对生活的希望。

于是，我报名参加了“XX之星”歌唱比赛，我决定每一轮比赛都只唱原创歌曲，让自己的歌曲有一次集体亮相的机会。然而，我的演唱并没得到观众热烈的回应，甚至连掌声都只是象征性的稀稀落落的。那位以“毒舌”闻名的电台主持人是比赛的评委，他不无讽刺地评价我的演唱："噢，我实在是忍不住了，这位先生你到底在嘟哝些什么？你难道就不能端正态度，好好唱我们明白的歌吗？"当我小声地解释："这些都是我的原创歌曲，或许歌词和旋律您不熟悉吧？""你被淘汰了——"刺耳的话毫无预兆地从那张不饶人的嘴皮中蹦了出来。

走出电视台的演播大厅，我的心情像街上的夜色一样灰暗，演播大厅的霓虹灯好像是触不可及的梦。不到一个小时候后，演播大厅的霓虹灯也熄灭了，我知道"XX之星"歌唱比赛结束了，掌声和荣誉属于其他的选手，虽然他们没有自己的原创歌曲，但是那些惟妙惟肖的模仿，更能获得观众的喜爱和评委的青睐。我赶紧移到偏僻的小径上，不想那些同台竞技的选手或台下的观众看到我的落寞。只有稀少的星辰和安静的吉他守候着我，我的失落在夜色中一点儿点儿凝聚，接着又一点儿点儿扩散开来。

"我听过你的歌。"一个年轻的女低声响起，接着走过一个漂亮的女孩，我想她应该是哪所学校的学生，她清澈的眼眸里没有一丝杂质，仿佛从来都不曾经历风雨似的。我苦笑着说："你一定是从电视台演播大厅出来的吧，我刚才的演唱让你看了个大笑话吧？""其实，你唱得很好，只是今天你太紧张，影响了你的发挥，"女孩说完，接着还唱，"我听过你的歌，我的大哥哥，我明白你的心，你的喜怒哀乐……"

这是一首旋律简单的老歌，其实也是我非常喜爱的一首歌，但不该是女孩这个年纪所熟知的歌。还没等我发问，女孩就说了："我在地下通道里听你唱过这首歌，我还听你唱过许多原创歌曲，我算得上是你的铁杆粉丝哦。"那些在地下通道里唱歌的日子，对我来说虽然放松和自在，但是也有挥之不去的苦涩。当女孩说她曾经为我驻足，甚至谦卑地称自己是我的粉丝，我顿时得到一种莫大的慰藉。

和女孩分别后，我在比赛中受到的委屈顿时烟消云散，郁闷的情绪仿佛也彻底地蒸发了。我也明白了，并不是每一位歌者都可以获得如潮的掌声，千里马也不一定能等来伯乐的发掘和称赞。然而，总有一些欣赏的目光在默默关注着你，纵使暂时不能感受那些关注的温暖，也绝不可以抛弃那些美好的初衷，那才是通往梦想和成功的原始力量。

将你的尊重进行到底

清晨，火车停在了倒数第二站，到站的乘客下去后，稀稀拉拉地上了几个去终点站——省城的旅客。一位老婆婆坐在隔着过道斜对面的位置上，老人家衣着还算讲究，一副慈眉善目的样子，让人心底生出几分亲近的念头。

坐在老婆婆对面的是一个漂亮的女孩，大约十八九岁的样子，看人的眼神怯怯的。小女孩在为下车后转长途车而发愁，她不知道汽车站在什么位置。这时，坐在女孩前前后后的男人都活跃起来，纷纷自告奋勇地揽起给女孩带路的“重任”来。坐在我旁边的男人告诉了女孩车站怎么走，不过那是距离最远的一个，要转几趟公共汽车，最后仍然愿意承担带路的义务。我有些明白了，这些男人带路是假，其实是想亲近女孩。这时，老婆婆站起来发话了：“小姑娘，你出站后沿马路往右走两百米就到了，出门在外，不要轻易相信陌生男人。”听老婆婆这么一说，女孩顿时对老人家感激不尽。一路上，女孩跟老婆婆凑得很近，不停地聊着天。我知道，老婆婆赢得了女孩的尊重。

火车还有十分钟就要进站了，旅客们都开始做下车的准备。这时，老婆婆从手提袋里掏出一个塑料袋。然后，开始在走道里穿行，把旅客喝完水的矿泉水瓶、饮料瓶收到自己的塑料袋里。很快，老婆婆的塑料袋便装得满满的。老婆婆对女孩说：“收的这些瓶子下车后卖给废品回收站，可以抵掉一些乘火车的费用。”老婆婆说得自然，反而让人觉得她的举动很平常了。可是，女孩没想到老婆婆会这样做，脸上有一丝鄙夷，她捂着鼻子紧靠窗沿坐着。老婆婆再说什么，她也不搭腔了。也许，女孩在一瞬间收回了对老婆婆的尊重。

“热心为你指路的老婆婆值得尊重，而收矿泉水瓶换车费的老婆婆，也是值得尊重的。你无法否定老婆婆的热心，也无法否定别人的生活方式和态度。老婆婆对你的关心是一种关爱，你的尊重便是对关爱的接纳和延续，而你对老婆婆的鄙夷却是对关爱的伤害。”我忍不住说了这番话，女孩听后惭愧得满脸通红。

将尊重进行到底，不仅需要勇气，而且需要智慧。我们轻易地收起对他人的尊重，更多的时候，并不是他人不值得我们尊重了，而是我们的心态改变了。无论如何，我们都要有将尊重进行到底的决心。

只坐一个座位

我是城市里的巴士一族，每天挤公交车上班、见客户或与女孩子约会。时间长了，我也目睹了公交车上的许多怪状，比如上车不刷卡用口技冒充，比如没有人给老弱病残孕者让座……

每每看到公交车上的不文明现象，我总是不由得皱起眉头。就拿大人指使免票的小孩占座来说，人家公交部门明明给小朋友免了票，家长却贪图一时的舒适，让孩子旁若无人地坐到一旁的位置上。哪怕是座位边上有乘客站着，甚至是抱小孩者站立不牢地摇晃着，家长依旧视而不见，弄不好还说句："我们坐我们的，甭管别人。"这样的自私实在不是合适的家教，也无形中侵占了别人的权益。久而久之，我竟然无奈地习以为常，不过内心的不平从来没停止过。

前不久，我又一次坐公交车出门，车上的人不怎么多，还有许多空座位。刚过两站，上来个民工模样的男人，带着个脏兮兮的小孩，背后还背个硕大的行李包。男人径直来到我前面一排坐下，将行李包安顿好，然后抱着孩子靠窗坐下。他身边分明还有位置，可是他依旧选择和孩子坐一个座位，而且他的选择是那么自然和从容。

没过一会儿，又上来一位衣着光鲜的城里女人，她的孩子明显不够买票的身高，但是她和她的孩子却占了两个座位，就在我的前两排，民工模样男人的前面一排。即时的对照，顿时显示出两个人的差别。

乘客渐渐多了起来，男人“让”出的一个座位，很快坐了一位鹤发童颜的老人。但是，女人和她的孩子依旧稳如泰山地坐着，不管她身边是男人、女人或者老者。车上的人越来越多，女人边儿上又站着个年轻妈妈，怀里抱着个哭闹不止的孩子。这个年轻妈妈是“80后”，显然没有什么带孩子的经验，更何况是在摇晃不已的公交车上。

女人依旧没有让座的意思，还和孩子一起看着窗外，一副置身事外的姿态。我前面的男人坐不住了，他轻轻地拍拍他前面女人的肩膀。女人回头后，表现出一副厌恶的神态。男人轻声说：“大姐，您抱着孩子，让个座位给这个抱孩子的年轻妈妈吧。”女人不理，眼神里透露着鄙夷，仿佛在说：“乡巴佬，要让你让！”男人提高了声音：“您的孩子和我的孩子一样都免票，所以我们只有坐一个座位的权利，您何必抢占别的座位呢？”

或许是一个“抢”字刺激到了女人，或许是车厢里聚拢过来的眼神给了女人压力，她终于面红耳赤地让出了座位。坐到座位的年轻妈妈忙不迭地言谢，给男人，给女人，给车厢里每一个人。下车时，女人的耳根依旧红红的，她带着孩子仓促地离开了。

男人的选择让我们明白，城里人也好，乡下人也罢，都要遵守“只坐一个座位”的准则以及城市里诸如此类的基本规则，这样我们的城市才会更美，才会更接近我们所追求的和谐。而我们有理由相信，真正的和谐是没有城乡之别的，也没有贵贱之分，只有融合的完美。

昂贵的善良

办公室里的话题很繁杂，但是大家很少提及“善良”。“人善被人欺，马善被人骑”，很多时候，我们都把自己的善良藏得很深，刻意让自己冷漠的一面“出场”。

这天，大家都在热议报纸社会新闻版的一条消息：病逝的老人将二十万遗产留给了悉心照顾自己的保姆——一个小女孩，而老人的一干儿女却落得一场空。遗产风波带来了很大的争议，很多人认为七十多岁的老人和那个十八九岁的小女孩关系暧昧，当然更多人相信还是女孩的善良为她赢得了财富。

这时，有同事大声地说：“哦，原来善良也是昂贵的。”他的话很快得到了大家广泛的支持，大家认为女孩的善良为她带来了昂贵的回报。但是，此刻社会上所有的眼光都落在了丰厚的二十万遗产上，却忽略了女孩善良的本性。

或许对很多人来说意外之财是有吸引力的，二十万对小女孩来说确实也是一笔巨大的财富。但是，老人赠予的财富并不是女孩提前能够期望的，那只是老人“一时兴起”的作为。当然，一时兴起并不能说是错误的选择，老人不将遗产留给儿女，唯一的理由便是他们丧失了孝道——没有尽到儿女应尽的孝道。拿着微薄薪水的保姆，其实可以付出的劳动也有限。但是，她无私的爱和奉献精神，让老人在弥留之际灰暗的心感受到了人间的温暖。女孩的心晶莹剔透、质朴，像金子般闪闪发光。

最近，新闻里还有一个十九岁的女孩罗玮感动着我们。她无偿地将肾捐给一个陌生的病人，而她获得只是身体的伤害和旁人的不理解。罗玮最终能收获什么呢？她让自己的心灵得到了涤荡和升华。罗玮的善良也是昂贵的，健康人的肾是不能用具体的价值来衡量的。这份莫大的善良足以让一颗颗被冰封的心融化。

心与心的沟通、爱与爱的传递，本来是生活中稀松平常的举动。可是，为何爱心变成了奢望，善良也只可望而不可即呢？不过，生活中还是有这样的人，在你危难时伸出一双手，在你渴望慰藉时掏出了一颗心。其实，爱是没有界限的，给善良设防的是冷漠的心。

开启我们隐藏的真心、热心和爱心，让善良在这个世界变成主流，那么，不管我们的口袋多么羞涩，我们的生活多么贫穷，我们的心灵将永远富有。一份昂贵的善良永远是令我们骄傲的“勋章”。

第四辑

苦是甜的种子，甜在苦的尽头等着你

我们总是带着一路的抱怨前行，总是感慨幸福是那么难以获取，却不知一切可以尽在掌握之中。我们总是品尝了甜后才感谢苦，却不愿意当苦是甜的种子，让一切美好的发生成为必然。苦是甜的种子，甜在苦的尽头等着我们，苦过的人生才有力量，而最后的甜是人生最重的分量。

心宽一寸，路宽一丈

小时候，我还住在偏远的老家的小镇上，没有机会去看外边的世界。老爸每天都忙得团团转，一有时间就会骑着单车载着我在附近的乡村溜达溜达。老爸兴高采烈的，我却提不起精神，老爸笑着说：“心宽，路就宽，现在你看到的只是田野和村庄，未来你必将看到草原和海洋。”

有一次，乡下亲戚办酒席，大雨刚停，我和老爸穿着雨鞋，步行赴宴。返程时，夜色笼罩了整个村庄，仿佛也要淹没手电筒发射出的光芒。我和老爸在泥泞的道路上艰难行走，一段并不算远的路程像个巨大的难题，让我们倾尽全力又束手无策。没过多久，老爸拽着我的手继续往前走，我却猛地停住了脚步，惊恐地说：“爸爸，我们好像进了迷魂阵，走来走去还在原来的地方。”老爸虽然有些紧张，但是很快平静下来了，对我说："只要我们放宽了自己的心，一定可以找到回家的路。"平复了心情，我也没有那么慌张了，牵着老爸的手，迎着远方的灯火向前走。不到半个小时，我们就走到了小镇的街道上，街灯像炉火一般带给我们温暖。

慢慢地，在老爸的影响下，我变成了一个乐观的孩子，就算处在本该多愁善感的年纪，我的脸上和心底都种满了阳光。老爸陪伴的岁月是短暂的，我必定会像一只慢慢成长的鹰，有一天飞向遥远的地方。但是，老爸的那些教诲却深深扎根在我的心底，成为我风雨人生的一道护身符。

从故乡到远方，从校园到职场，不同的环境有着不同的生活，我只能硬着头皮向前走。没有高学历，没有丰富的工作经验，也没有广泛的社会资源，尴尬的"三无"让我难免有一些自卑情绪，感觉前方的路越来越窄，甚至窄到寸步难行的程度。

到了一家不错的公司，同事们衣着光鲜、谈吐不凡，个个都有耀眼的学历、辉煌的业绩和左右逢源的关系，而我就像怎么飞也飞不高的小鸟，总是躲在无人关注的角落。然而试用期不等人，我不想再一次面对失业的苦楚，暗暗告诉自己一定要做出点儿名堂。于是，我放下那些不必要的自卑和焦虑，也放下了不必要的纠结和忧愁。当我的心宽了，便有了一种无畏无惧的勇敢，有了一种风雨不侵的淡然，心境也慢慢变得宽阔和明朗起来。

没多久，我慢慢地有了一些业绩，虽然不及那些元老的业绩卓越，但是也为公司贡献了自己的力量。一些暂时没有拿下的客户，我也“明知山有虎，偏向虎山行”，争强好胜的心充斥着胸膛。我开始相信自己，相信自己能力挽狂澜，也相信自己能笑到最后。试用期转眼就过去了，我成功地经受住公司的考验，并签下了三年期的工作合同。我不再像以前那样认为要走的路很窄很窄，反倒是心中澎湃的热情，让我看到前路的宽阔和平坦。

后来，看到了一句对我很有触动的话——心宽一寸，路宽一丈。说得没错，心有多大，世界就有多大，我们只有装下世界的风霜和雨露，才能享受世界的花香和雪落。而心若宽一点儿，我们的视野便会开阔很多，我们奔赴前方的路也会更宽敞。局限我们的，常常不是我们的自身条件，而是我们的眼光和心胸，要通往远方必先把心打开，若想路宽一丈必先心宽一寸。

再细细一想，其实这不正是老爸教的“心宽，路就宽”吗？我终于与“远方的草原和海洋”相遇，同时也怀念记忆深处的“田野和村庄”。

少年从不等风来

很早，朋友大王就约我去滑翔，约了很久，却一直都没有成行。忙，当然是最常说出口的理由，其实也并没忙到那种程度。坦白地说，连爬山都会恐高的我，真不敢想象自己从山顶“飞”下来的情景。

后来，大王催促说：“滑翔是朋友安排的，我们再不去就没机会了。”本来，我还想再拖一拖，刚好大王念高三的儿子打算出国了，大王想让儿子好好地体验一次滑翔，并且反复强调我一定得参加。大王的儿子小洒我也熟悉，小洒出国后我恐怕很久都见不到，我觉得还真有必要见见他，也当作是一次送行。

终于到了山顶，滑翔教练耐心地给我们讲解相关的技术动作和注意事项，还鼓励我们勇敢一点儿，说滑翔并没那么可怕。教练还派助理先上，助理很快就完成了助跑，接着就开始了潇洒的滑翔。看着助理在空中飞翔的英姿，然后又顺顺利利地着陆，我们个个都羡慕不已。可是，等到教练让我们上阵时，大王和我却打起了退堂鼓。

教练耐心地规劝，并且一再申明这是一项安全的运动。这时，小洒站了出来，说：“我先来。”大王焦急地说：“不不不，等我歇会儿，让我先来。”大王的语气有一些悲壮，同样束手束足的我，也忍不住笑出了声。

小洒摆摆手，就上前开始穿专用的装备，教练一边叮嘱注意事项，一边帮助小洒进行最后的助跑。看得出来，小洒还是紧张的，额头的汗珠大粒大粒地滴，但是他嘴上却是那句：“来吧，我行的。”一瞬间，我看到那种属于少年的坚定和勇敢，像一抹光投射到我的心底。

很快，小洒就“飞”了起来，“飞”过田野，“飞”过湖水，“飞”过树林，最后稳稳地降落在平坦的草地上。哪怕我们在远远的山顶，降落后的小洒也成了“小人儿”，但是我们仿佛能听见他的欢呼，还有他脸上的骄傲和幸福。“再怎么也不能输给孩子”，这么想着的时候，我也完成了滑翔的过程，接着是朋友大王。

这次滑翔后，小洒就去了澳洲留学。为了小洒留学，大王卖了市区的大房子，在远郊买了套一居室。大王的意思是要破釜沉舟了，全部的家当都给小洒了，小洒甚至回来连床都没了，未来的路就靠小洒自己了。送小洒上飞机，大王心底沉甸甸的，小洒的脚步却格外轻盈。

第一年，小洒为省钱，连春节都没有回来，也没再找大王开口要一分钱。第二年，小洒开始兼职赚钱，慢慢地，有了一些积蓄。第三年，小洒回来了，不仅带回一位漂亮的台北女友，还给了大王一大笔钱。小洒说："老爸，谢谢你给我的支持，未来我想自己去飞。"有这么懂事的儿子，大王感到非常的欣慰，也开始有了重回市区的打算。

我和小洒有过一次交流，我很认真地跟小洒说："明天你一定会飞得更高，因为你有足够的勇敢和信心，不像别的孩子总在等支援。"小洒笑着说："没有谁可以支援我们一辈子，勇气都是我们自己给的。少年从不等风来，没有风的时候，我会更加努力奔跑，因为我就是穿梭的风。"

我终于懂了，在山顶勇敢滑翔的小洒，在异国不断打拼的小洒，就是不等风的潇洒少年。而我们，慢慢成熟又慢慢世俗的我们，越长大越懦弱，懂得了一切道理，反而过不好人生。

吃苦是一种精神

找工作时，用人单位会开出很多条件，求职者自然要对号入座，掂量掂量自己的轻重。比起学历、经验方面的要求，我们更害怕的是“能吃苦”这三个字，总觉得这三个字是那么神秘，又是那么不怀好意。有时候，我们会想：雇主到底是怎么样的人，会不会是“周扒皮”？

久了便明白，“能吃苦”是职场不可或缺的素质。职场就像一段漫长的旅程，绝不会一直一帆风顺，总会有坎坎坷坷的时候。我们常常顶着各种压力工作，职场的苦是不期而遇的，职场的苦是不可回避的，不是每一次都轻易地苦尽甘来，不是每一次都轻易地峰回路转。在职场，苦甚至成为一种常态，加班的苦、失败的苦、不被理解的苦一再累积，让我们苦不堪言。然而，苦却是甜的种子，苦过才更懂甜的味道，苦过才更珍惜甜。职场的成长，显然跟一路随行的苦也是有关的，平坦的草原锻炼不出矫健的战马，风平浪静的海洋磨砺不出坚挺的风帆。我们没有必要抱怨职场的苦，那些扑面而来的苦是职场的营养，正是那些苦成就了职场的甜，成就了更好的我们、更美丽的明天。

不得不承认，吃苦是生活的常态，总会有一些苦楚纷至沓来。吃苦不是吃苦瓜，苦瓜的苦就算再刻骨铭心，也会很快消散在唇边、舌尖。生活的苦可能会蔓延很久，就像五月的梅雨会淅淅沥沥地下很久，就像北方的冬雪一直飘飘洒洒。渐渐地，吃苦会成为我们的习惯，我们习惯了日子里的苦涩，品味苦涩也成了我们的习惯。或许，我们无法像对苦瓜一样，慢慢地从抗拒变成迷恋，但是我们至少学会了接纳，不再轻易地喊苦或者被苦打倒。在吃苦中强大的自己，才是更加完善、更加美好的自己，那是再多的课程也培养不出来的。

屠格涅夫说："你想成为幸福的人吗？但愿你首先学会吃得起苦。"很多时候，我们常常觉得幸福是难以得到的，其实通往幸福的路径并不难找。幸福不是从天而降的，幸福也不是无迹可寻的，幸福在我们风雨兼程的前方，幸福是我们苦涩后的那份甘甜。很多站在聚光灯前的成功者，其实也在黑暗中痛苦地摸索过，人们总是欣赏你得意时的光彩，却很少有人去关注你坚持时的苦。为了即将拥有的幸福，为了即将拥抱的美好，我们应该学会吃苦，把吃苦当成一种潇洒的风范，把吃苦当成一种常见的姿态。

吃苦是一种精神，吃苦让我们有机会品尝甜，让我们有勇气拼搏，让我们成为不一样的自己。

旧道理没那么无聊

初入职场，老爸有交代：新人入职低姿态，杂事抢在前面干。我不以为然地说：“这都是陈芝麻烂谷子的道理，不适合新时代的新人类，现在不讲这些，拼的就是能力和才华。”

我去的是一家规模不大的公司，大事小事杂事一大堆，可员工就那么几个人。不仅是我和同事们忙得团团转，连老板都少有安然闲坐的机会，整天都脚不沾地的。我常常暗地里想：“当老板何苦还这么累，多招几个人能花多少钱？”

忙里偷闲，我会在茶水间喝杯咖啡，或者躲在洗手间玩会儿手机。工作的时间非常难挨，休闲的时光过得很快，我常常就忘了自己离开得太久。有同事就直来直去地说：“初来乍到，这么快就学会了偷懒，想累死咱们‘老同志’啊！”更多的同事话不多说，却把手头更多的活儿塞给我。我的脸上写满了怨气，我不反抗，同事也就视而不见，去忙自己的了。四面楚歌，我的危机感也开始爆棚，我有些坐不住了。

这时，我想到了老爸的“交代”，发现不听还真的不行。我回归了新人的身份，开始以低姿态出现在公司，对老板和同事都毕恭毕敬的。同时，我不仅抓紧干好自己的分内事，一有时间就抢着干一些杂活，如果老板和同事有需要，我也忙不迭地跑前跑后。

试用期转眼即逝，老板通知我签正式合同，一番辛苦得到了好的结果。慢慢地，在公司里干久了些，和大家也熟了许多。有一次，老板略微喝了点儿酒，酒后吐真言：“路，你刚来的时候表现真差，我本来打算试用期结束让你走人，甚至还有提前撵人的打算。没想到，你竟然悬崖勒马，工作态度有了大转变，最终顺利通过试用期，获得了几乎要失去的岗位。”

虚惊一场，却让我明白，老道理并没有落伍，有时候那些看似啰唆的唠叨，其实包含着不变的人生真谛。

慢慢地，我也从新人变成元老，也目睹了许多新人的来来去去。一次，公司来了个小老乡阿泵，乡情加相仿的年纪让我们走得很近，我们几乎无话不说。最初，阿泵还算老实本分，没几天他就翘起了尾巴，不仅活儿不想好好干，甚至和几个老同事吵翻了天。我暗暗提醒阿泵：“新人入职低姿态，杂事抢到前面干。”阿泵却说：“路哥，你好无聊，原以为你和我一样是新时期的人，没想到你满脑子还是旧道理。”我再说什么，阿泵都充耳不闻，我也只好识趣地少说为妙。

后来，阿泵没有通过试用期，他离开时黯然神伤。没多久，阿泵来电话说：“路哥，都怪我当初没听你的旧道理，现在弄得饭碗都搞丢了。你能不能帮我说说情，让老板再给我一次机会，我一定好好珍惜。”我无奈地说：“与其挽回失去的工作，不如端正心态，开始另一段新的职业生涯。”后来，阿泵和我联系得少了，不过看他的朋友圈，他找到了新工作，试用期干得很卖力，获得了正式的劳动合同……

听别人说的旧道理，吃别人吃过的亏，重复别人的坎坷、挫折，在自己的工作中摸爬滚打，最后得以体悟其中的奥妙。这就是职场，其实也是人生，旧道理没那么无聊，更不要认为新时代的人不需要接受旧道理，其实旧道理中藏着的是人生真谛。

时间没有想象中的充裕

美国的年轻设计师迈克是新奥尔良大名鼎鼎的设计师，他曾经完成很多漂亮的设计，在业内拥有较高的知名度和美誉度。平时，他除了完成公司交给他的种种工作，还时不时私下接一些活儿来做。当朋友们劝他“悠着点儿”时，他微笑着回应：“哥们儿，我有的是时间。”话虽然是这么说，但是很多时候，却并非迈克说得这般从容，他常常弄得自己手忙脚乱。

幸运的是，多年以来，迈克没有耽误过公司里的工作，连“私活”也都按时顺利地完成了。迈克很享受自己的工作状态，他暗暗决定将这种模式进行到底，创造更好的职业生涯和人生。

就在半年前，迈克又接到一单设计的业务，客户来自于德国的慕尼黑。这位慕尼黑的客户不仅对品质要求非常高，对时间也卡得非常严苛。签设计合同时，客户特别提出 :“如果不能在约定的半年内完成设计，负责设计的工程师需支付设计费的十倍作为赔偿。”迈克的朋友适时提醒迈克 :“如果不按时完成设计，你这几年的薪水和接私活的收入就全打水漂了，你可别疏忽大意了。”

遗憾的是，迈克的朋友一语成谶，迈克最后真的遇到了大麻烦——

原来，接到这个业务后，迈克并没有快马加鞭地工作，他在对付完公司里繁杂的本职工作后，依然去泡吧、唱歌，甚至还预订了两次短程旅行。当朋友们为他着急时，他不以为然地说 :“半年，一百八十多天，这时间充裕得很。你们也知道，我就是喜欢拖一拖，但是从未拖出过事。”就这样，迈克不知不觉耗了三个月，还没着手开展慕尼黑客户的设计。

或许是公司老板意识到迈克在接“私活”，或许是老板对迈克的重视骤然升级，他交给迈克的设计工作越来越多、任务越来越繁重。如此一来，迈克不仅上班时间累得够呛，连休息时间也一再被挤占。很快，迈克发现自己的时间根本不够用，慕尼黑客户的设计业务也无法从容地面对和处理了。尽管迈克像挤牙膏一般挤时间，可是怎奈公司业务多且杂，要完成慕尼黑客户的设计，已然成为一项不可能的任务。

当迈克提前跟慕尼黑的客户交涉时，客户淡淡地说 :“我们早早地和你签了设计合同，你却在截止时间临近时，跟我们说完不成设计，你岂不是在开国际玩笑？”对方还很不客气地提醒道，“时间不多了，麻烦你如期完成设计，不然，你就只能按合同进行赔偿了。”事情没有逆转的可能，迈克最终没有完成设计，他向银行贷了一大笔款，才支付了违约金。深陷“金融危机”的迈克感慨地说：“花掉了一大笔美金，我才明白，时间并没有想象中的充裕。”

时间就在那里，不多不少，不增不减。可是，我们却常常高估了时间的长度，就像我们常常高估自己的能力，于是在安安分分的时间面前，乱了本该从容的步伐。唯有我们正确地把握时间，追随时间的脚步前进，才可以收获人生的从容和事业的丰盈。

或许不能永远满分，也绝不轻易丢掉 0.1 分

梅丽是我的小老乡，念书时她是出了名的学霸。毕业后，她先是在一家私企工作，后来受不了老板的苛刻和工作的束缚，她毅然决然炒了老板的鱿鱼，开始了艰难的自主创业，成为时下流行的“创客”。

有好长一段时间，我都没跟梅丽联系，听说她挺勤奋的，一副拼命干事业的姿态。最近，梅丽和男友搬到我居住的小区，我们之间的互动开始多了起来。令我惊讶的是，梅丽竟然加盟了某外卖网站，开了一间小小的寿司店。要知道，梅丽可是学室内设计的，而且还画得一手好漫画。以前，她做做设计、画画漫画，每月都有不错的收入。现在，她竟然钻进厨房做起了小厨娘。

梅丽的寿司店没有实体店，所有的寿司都是通过外卖订

单售出。这些外卖网站创建不久，纷纷给予买家各种各样的优惠，比如“注册就送XX元”“满XX减X”“吃XX返XX”。买家享受的优惠多得很，卖家的外卖订单自然也纷至沓来。听梅丽说，别看只是在网上卖寿司，生意却一点儿也不比实体店差。梅丽还说，如果生意再上一个台阶，她准备聘请两个女孩帮忙，要把自己的寿司店做大做强。

我想，梅丽的寿司店红火，一是有外卖网站的支持，二是味道胜人一筹。我甚至也产生了一个念头：是不是自己也开一个什么小吃店，也好好地赚上一笔。

一日，我又来梅丽的住处串门，电脑里提示又有外卖订单。梅丽的男友一看订单就皱了眉头：“有没有搞错，要我们送到那么远的地方，这单还是不要接了吧？”梅丽的男友刚要拒单，就被梅丽拦住了：“估计是后台系统设置错了送单范围，如果我们就这样拒单会扣分的，要不我们还是照常送完这一单，然后再申请修改送单范围吧？”

原来，外卖网站对所有注册的店家进行评分：满分是5分，如果拒1单会被扣掉0.1分，而扣分会影响店铺的好评率，扣分太多甚至会有封店的可能。梅丽的男友还是一副无所谓的神情：“你看看网上有几家店铺是满分的，不就扣0.1分嘛，天也不会塌下来。”梅丽一本正经地说：“这是我做事的原则，或许不能永远满分，但也绝不轻易丢掉0.1分。”拗不过固执的梅丽，梅丽的男友只好领命送单。

这让我想起了学生时代的梅丽，梅丽是学霸，考试常常是班上的第一名。梅丽总能取得好成绩的秘诀，不仅是她平时学得好、考前复习得好，也得益于她答卷后认真地检查。她常常对同学和学弟学妹们说：“或许辛辛苦苦拿不到100分，但也不可随随便便弄丢1分，这样你就可以获得让自己欣慰的分数。”

不管是外卖订单不能被扣掉0.1分，还是校园考试不能轻易丢掉1分，都说明小小的坚守却体现了大大的勇气和担当。其实，决定我们的人生走多远、攀多高的，更多的是贯穿始终的那份认真、那份坚守。可以预见，梅丽和梅丽的寿司店会越来越好，而愿意坚守那份认真的我们，明天也会越来越好。

从“一瞥”到“惊鸿”

演员马思纯有一个影星小姨——蒋雯丽，“她是蒋雯丽的外甥女”这个标签总也抹不去。马思纯投身演艺圈，日复一日地努力工作，别人却总叫她“蒋雯丽的外甥女”，这让她有一种小小的挫败感。

其实，马思纯进入影视圈时年纪很小，刚上小学时她就参演了张夷非导演的《三个人的冬天》，这是她的第一部电影作品。12 岁那年，马思纯又参演了郭宝昌导演的《大宅门》，这是她的第一部电视剧作品。随后，马思纯还拍了多部电视剧，并凭借电影《岁月无声》获得中国电影表演艺术学会最佳新人奖。然而，“蒋雯丽的外甥女”的称呼却挥之不去，这个称号轻而易举地抹杀了马思纯所有的努力。

马思纯有一点儿难过，但是她慢慢地就释然了。“可能因为小姨是著名影星，小姨夫顾长卫又是著名导演的关系，我对演艺圈感觉特别熟悉，能够在演艺圈闯闯当然是一件好事，就算有一天真的离开也没什么大不了。后来，当我真的投身于这个行业，我才发觉自己是适合的、喜欢的，于是准备踏踏实实地留下。”当然，马思纯也很诚恳地说，“比起‘蒋雯丽的外甥女’，我更希望别人看到我自己。”

马思纯特别珍惜每一次机会，不管机会来自于小姨的引荐，还是凭自己的实力得来的，她都付出百分之百的努力。别的年轻演员有时会出现台词“卡壳”，马思纯却很早就背熟了所有的台词。为了领悟影视剧作品的内涵，她甚至翻烂了剧组的几本剧本。慢慢地，演艺圈评价马思纯：“蒋雯丽的这个外甥女真不赖。”

再后来，马思纯获得参演《武媚娘传奇》的机会，和著名影星范冰冰、张丰毅、李治廷“过招”。虽然，马思纯饰演的魏国夫人贺兰敏月只不过在剧集的尾声匆匆出现。但是，马思纯却做足了功课，她不仅找出几部老版的关于武则天的影视剧进行学习，还钻进图书馆查阅了许多史料。剧集里的贺兰敏月让人恨得咬牙切齿，亮相时间也有限，让马思纯再次“打酱油”。马思纯忍不住自嘲道：“我们都知道惊鸿一瞥，但我就是‘一瞥’，肯定算不上‘惊鸿’。”而网友索性就称马思纯为“一瞥姑娘”，实实在在为她惋惜。

马思纯的勤奋不仅体现在表演上，平时也花了非常多的时间在阅读上。东野圭吾是她最喜欢的作家，她曾经读过饶雪漫的《左耳》，深有共鸣的她给饶雪漫写了一封长信，不仅写了自己的读后感，并且还分享了自己类似的青春往事。马思纯还告诉饶雪漫，从某种角度来说，自己就是里面的人物——吧啦的原型，如果《左耳》有机会拍成电影，自己会是一个非常合适的人选。马思纯以为，那是一封石沉大海的信件，慢慢地她也就忘了这件事。

当《左耳》真的要搬上大银幕时，马思纯接到了饶雪漫的电话："来吧，姑娘。"虽然，马思纯认为自己跟吧啦很像，吧啦就像另外的一个自己，但是，她还是尽全力去领会、演绎这个角色。为了拍摄好《左耳》，马思纯不仅切断了和家人的联系，还去从没进过的夜店体验生活，并在短短的 20 天内瘦了 15 斤。马思纯的努力不仅被小姨蒋雯丽看在眼里，《左耳》的导演苏有朋和剧组的同仁都看到了，大家纷纷对这个拼命的姑娘进行称赞。

《左耳》拍摄完毕，并在上映后获得非常优异的票房。吧啦这个角色获得许多影迷的喜欢，马思纯开始受到粉丝们的追捧。有记者采访马思纯时问："'蒋雯丽的外甥女'这个头衔对你来说是一个压力吗？"马思纯开心地说："《左耳》上映后，我发现大家更多的是说我的戏，我演得怎么怎么样，讨论外甥女这件事慢慢地变少了。所以，我觉得只要自己做得足够好，大家会关注到你自己的。"

很多时候，我们只是别人的"一瞥"，甚至倾尽全力也很难让人"惊鸿"。然而，就像马思纯说的那样，若自己足够好，大家会关注你的，从"一瞥"到"惊鸿"，需要的是更长久的坚持，付出更多的时间和汗水。

道理很简单，关键是很多人不能真正领悟却只知道抱怨，或者懂了道理却少了执行力。

带着愿景出发

在最好的年纪，遇到最好的她，这是一种幸运。那时候，我们都没什么钱，却有大把大把的时间。我们可以轧马路走很远很远，也可以沿着河岸骑单车，多希望一路走、一路骑，就那样直达时光的尽头。下雪的时候，她总是约我出来看雪，在雪中漫步，留下两串深深浅浅的脚印。我打趣道："下雪天，我们就这样牵着手，一不小心就会白头。"

快乐的日子留下甜蜜的记忆，我每天都给她写情书，硬笔在雪白的信纸上挥舞，留下长长短短的情话。她总是跟我说："哪天，我要去找最好的出版商，把你写的这些情书出版了。"我故意逗她说："到时候有我养着你，你不必卖情书换钱。"她也笑了，说："到时候，咱们就印一本，谁买也不卖。那是属于我和你最珍贵的记忆，我愿意用一生去珍藏它。"我也对她说："我要陪你到明天的明天的明天、世界的尽头的尽头的尽头。"

后来，也说不清是谁弄丢了谁，或者谁遗忘了自己的誓言，曾经的永恒只是模糊的念想，甚至连心痛也慢慢地被苍白的岁月淹没。后来我们都有了自己的事业，我可以撑起一个小家庭，而她却早就不在我身边。她的日子越来越好，过着丰衣足食的生活，背名包、穿华服环游世界。当然，她不再提把情书出版的旧话，恐怕连那些情书都不知所踪了。

轰轰烈烈爱一场，带着愿景出发很好，更要紧的是珍惜当下每一刻，哪怕未来是梦碎的苦楚、独行的伤感、绵长的回忆，爱过、认真过，就是无悔的爱恋和人生。我并没有怪谁，那些曾经相伴的日子积攒了甜蜜，或许有些梦并没有穿越时光实现，其实也真的没有实现的必要了。

不仅仅是爱情有愿景，关于未来，我们也总有这样那样的设想，甚至默默许下了无比庄重的誓言，一定要在某日抵达人生或事业的巅峰。每个人的梦想都值得被尊重，没有人可以嘲笑我们的梦想，一份愿景就像一股力量，可以牵引着我们，走过更多低谷或寂寞的阶段。

十年前，我和我的许多文友都热爱笔耕，大家都揣着汹涌澎湃的文学梦。诺贝尔文学奖、鲁迅文学奖、茅盾文学奖离我们都很遥远，出几本书却是可以遥想的未来。那些年，我们一边码字，一边做梦。三年后，有些人不再坚持；五年后，又有一些人不再坚持；十年后，大部分人都不再坚持。后来，一直在坚持的人开始出成绩，我和一些文友先后出版了自己的专著，纷纷加入各省或中国作家协会。文友李晓敏悉心创作的《遍地狼烟》，获得新浪网络文学大赛一等奖，并被拍摄为同名影视剧得到热播。它还入围了第八届茅盾文学奖。

有时候，我们也会跟那些不再码字的文友联系，他们的言语中满满都是艳羡和遗憾。艳羡的是我们获得的或多或少的成绩，遗憾的是他们早早地退场，失去了让愿景成真的机会。人生最懊恼的不是没有愿景，而是带着愿景华丽丽地出发，本以为总会有一天抵达目的地，却因为自己的懒散、退缩和逃避，让愿景被无情地“腰斩”了。

带着愿景出发，从容地走过，勇敢地拼过，认真地对待过，哭过笑过，却不曾悔过。不管最后，我们是否拥有爱情或成就，这些都是对得起自己、配得上时光的圆满。

捧哏人生也是乐

单位选派人员参加高级专家研讨会，小恒也幸运地入选与会名单。小恒很开心地将这个消息告诉我，与我分享他的快乐和幸福。我打心底为小恒高兴，我想小恒单位的选择，是对他最好的肯定和鼓励。

可是，小恒的脸像六月的天空，说变就变，刚才还是晴空万里，一会儿便阴云密布。当我关切地询问缘由时，小恒语气低沉地说："我看了参加研讨会的名单，其他的同事都是公司的元老，少则有十几年的工作经验，多则为单位服务三十年。而我要资历没资历，要能力没能力，我对自己的入选全无信心。唉，别人都是红艳艳的鲜花，我不过是做陪衬的小草。""人生就像一出相声表演，有人逗哏，就需要有人捧哏，捧哏人生也可以是一种快乐。"我这么讲时，小恒并没完全被我说服。

于是，我跟小恒讲了一个相声演员的故事——

很多年前，他疯狂地爱上了相声表演，他很羡慕在舞台上表演相声的演员，无时无刻不盼望着自己也能登台。他等了很久，才获得一些上台表演的机会，然而他并不是逗哏的台柱子，只不过给不同的演员捧哏。很多演出，他只是说“哦”“是”“哎呀，谁说不是嘛”之类的话，根本没有让观众记忆深刻的台词。后来，他和一位逗哏演员配成固定的搭档，他们的相声逐渐被观众喜爱，表演的舞台也越来越大、越来越好。可是，身为捧哏演员的他，同样是辛辛苦苦地站台，钱却没逗哏演员拿得多，粉丝们送来的花也没有属于自己的。他甚至感到自己的努力，像扔进大海的小石子，连一点儿小波澜都没掀起来。他不甘心做鲜花旁边的小草。

不过，很快他想通了，相声表演本来就需要逗哏和捧哏，观众的喜爱有逗哏演员的功劳，但是也少不了捧哏演员的奉献。如果自己不甘心捧哏，不仅在别处换不来逗哏的机会，恐怕只能离舞台越来越远了。于是，他端正态度重新投入相声表演中，哪怕是“哎呀，谁说不是嘛”之类的话，他也会反反复复地斟酌，认认真真地表达。后来，他跟他的逗哏伙伴一样声名远扬，成为观众们津津乐道的优秀相声演员。再后来，他也有机会跟别的相声演员合作，而他不再是捧哏演员，越来越多地成为表演的“主心骨”。时至今日，他早已是功成名就的逗哏演员，而他常说的一句话是：“如果无法经受捧哏的寂寞孤单，又怎能最终享受逗哏的终极快乐？”

捧哏人生也是乐，这不仅是要说给我的朋友小恒，也是说给每一位还没实现梦想，在人生的舞台还没有精彩的演出、无人喝彩的朋友。捧哏到逗哏的路有多长，或许我们一时说不清楚，但对于当下的珍惜和乐观面对，却是开启明天最好的钥匙。

捷径通向最远的路

李峻是公司的新人，他目前最大的目标无非是闯过试用期，最后变成公司的元老。然而，现实并非都这么美好，不是所有人都等来了花开，最后也等来了硕果累累的秋天。

李峻还是有紧迫感的，这不是他的第一份工作，这也不是他的第一次试用期，前几次都不怎么顺利。“难道这一次又‘卡’在试用期？”显然，李峻是不甘心“情景再现”的，他需要一次飞跃。

公司真的需要人手，好多工作需要有人来完成，李峻这一批新人的到来，无疑是解了公司的燃眉之急。很快，老总给李峻和其他新人分配了讨债的任务，还竟然让新人们自己挑地方，李峻不是最早挑的，也不是最后挑的，但是他一挑完，大家都惊呆了。

原来，李峻选择的是去离公司最远的一家工厂讨债。这家工厂在远郊的国道边，是公司许多年来的“老大难”，老板派了许多人去都铩羽而归。也就是说，李峻选择的是最难啃的“硬骨头”，是谁都避之不及的大麻烦。

很多同事暗地里说：“李峻恐怕这试用期又过不去了。”李峻没有时间理会这些闲言闲语，每天都去讨债的工厂打卡，常常一坐就是一整天。那个老板对李峻视而不见，就算有客户来谈业务，也不介意李峻在场，仿佛面前就是个透明人。当李峻和朋友说起自己的遭遇，朋友说：“哥们儿，看来你是遇到赖账高手了，这是油盐不进的主啊。”

李峻并没有气馁，把讨债讨得像上班一样，一天不落地去那间工厂“报到”。那个老板偶尔也会皱眉头，但是也不敢随随便便下逐客令，毕竟真的欠了一大笔钱，欠债还钱又是天经地义的。于是，一场没完没了的“拉锯战”在李峻和那个老板之间进行着。转眼，李峻的试用期过了一大半，别的新人或多或少都有了收获，唯独他还是尴尬地“原地踏步”。

试用期结束了，李峻并没有被老板立即“劝退”，而是和其他留用新人一样，也获得了一份正式合同。这不仅让新人们不服气，其他同事也纷纷表示“有些搞不懂老板”。

李峻拿到正式合同的第三天，他负责的债务也有了眉目，那个老板答应先付一半欠款，并表示另外一半会在一周内付清。原来，那个老板在谈一笔新业务，合作对象是他的初恋情人，为了不在旧爱面前丢脸，他决定清了这笔拖了很久的债。其实，女客户是李峻动了点儿脑筋给引来的，当然这事办得也神不知鬼不觉。这对旧情人的业务谈不谈得成不一定，但是李峻却顺利地讨回了一半的债。一周后，不等李峻上门，那个老板又汇来剩余的欠款。这时，同事们纷纷向李峻竖起了大拇指，都说："这小子还真有两把刷子。"

公司的例会上，老总宣布给李峻加薪的同时，颇有感慨地说："职场中，很多人都想走捷径，想尽快成功。殊不知，捷径不一定是最短的路程，捷径有时候却通往最远的路，走得远一点儿却离成功最近，就像曲线也有可能比直线更接近终点。"

能做路人甲，就别做路人乙

静芬从某名牌大学毕业后，本以为工作非常好找，然而现实却残酷得让人想落泪。朋友对她说："静芬，你不要太挑剔，骑驴找马，慢慢来。"可是，静芬却跟自己说："属于我的工作到底在哪儿？"

后来，静芬在一家私企找到了岗位，那是她之前看都不会看的公司，也是她以前想都不曾想过的岗位。可是，已经从象牙塔进入了社会，静芬再也没有办法厚着脸皮"啃老"，而且静芬的父母也不过是收入微薄的工薪族。于是，静芬开始了她的第一份工作，哪怕那只是一份近乎打杂的工作。有时候，静芬和朋友聊起自己的工作，还会自我嘲讽地说："周星驰还演过宋兵乙，甚至还躺在地上演死尸，我其实一点儿也不委屈。"

当然，偌大的一个部门，静芬不是唯一的部门助理，跟她一起工作的还有两个年轻人。比起静芬，另外两个年轻人的学历要低得多，而且他们还处在实习的阶段。静芬可不同，静芬是公司正式聘用的员工，而且一下子就签了三年的工作合同。部门主管也时常跟静芬说："虽然你们都是公司的新生力量，但是你应承担更多的责任和义务，好好地带领和协助他们把工作做好。"

起初，静芬并没把部门主管的话放在心底，还嘟哝道："我跟他们都一样在打杂，做着一份微不足道的工作，哪有资格和底气去管别人？"这时，部门主管不客气地说："难道你宁愿眼睁睁地看着他们转正，然后轻轻松松地取代你甚至超越你，到最后踢你出局？"听部门主管这么一说，静芬顿时紧张起来，认真地琢磨起这番话来。

很快，静芬改变了工作作风，不仅自己的工作干得又好又快，还时常帮助两位年轻的同事完成工作。虽然静芬是新人，甚至比那两位年轻人还来得晚，但是毕竟她拥有的不是一份临时岗位，所以两位年轻人对静芬很尊敬，有不懂的总是虚心地向静芬请教。渐渐地，静芬便有了元老带新人的感觉，她的工作虽然依旧微不足道，但是那份被认可的感觉，却让她有了小小的满足感和动力。

时间久了，静芬调到了别的部门，工作依旧是琐碎而繁忙的。和静芬搭档的是一个叫晓辉的男生，晓辉长得人高马大，干起活儿来却无精打采的，甚至有人打趣道："小伙子，你什么时候才能睡醒？"私底下，静芬跟晓辉开玩笑说："你可是我的前辈，前辈要做个好的表率哟！”晓辉没好气地说：“部门里的同事高高在上，对什么杂事都袖手旁观，唯独我们俩忙得团团转，我拿的只是他们一半甚至三分之一的薪水，凭什么要让自己忙得像只陀螺？”

静芬耐心地说：“周星驰不是第一天就当男主角的，他所拥有的全部荣誉和成就，都应感谢跑龙套的日子。周星驰说过，不管是演宋兵乙还是演死尸，他都会比别人付出更多的汗水，因为他不希望自己没有进步，不希望守不住来之不易的成绩，不希望自己连宋兵乙和死尸都没机会演，而去做一个端茶倒水、递盒饭的杂工。”

看到晓辉略有触动，静芬继续说：“现在的你在嫌弃自己的岗位，也在嫌弃现在不得志的自己，就像有宋兵乙不演甘愿做杂务。其实，身在职场，就像身在剧组，我们能做路人甲，就别做路人乙，再小的岗位也是岗位，再小的机遇也是机遇，不退而求其次，勇敢前行，才是我们创造辉煌的基础。”

或许不是每颗星星都耀眼，但是在夜空中不服输地绽放，却有一种让人心动的力量。我们相信，静芬、晓辉，还有更多的年轻人，一定会收获越来越好的未来。

如果爱，请深爱

那时候，我已经失业了很久，逃离熟悉的家乡，来到了遥远而陌生的东莞。前一天还在正值湿冷的正月的家乡，转眼，便到了热浪滚滚的南方。别人都说东莞是世界工厂，招工的启事贴满工业区的宣传栏，许多工厂门前都有排着长队的求职者。

这时，我看到远处的一家印刷厂，有人在门前贴着招工启事。等我走近，发现纸上的毛笔字还有墨香，想必是刚刚才写好的。我礼貌地向门房的保安打探，刚才贴招工启事的男人转过身说："小弟，你跟我来，我带你见经理。"面试非常顺利，经理很快就说："如果你愿意，现在就可以入住工厂宿舍，明天就可以正式上班。"

在东莞的第一份工作，竟然得来全不费工夫，我甚至还没彻底回过神，那段失业的经历就俨然成为历史了。我给家乡的朋友打电话，他笑着说：“哥们儿，想不到你竟然会去干印刷？”他这样说是有原因的——我的邻居老陈就是开印刷厂的，厂里的生意好得很，他曾经无数次游说我做他的学徒，我想都不想，一再拒绝。没想到，我来到千里之外的东莞，却稀里糊涂地干上了印刷这一行。

这是间不干胶商标印刷厂，老板是一位严肃的台湾老人，经理是跟随他过来的自家侄子。我们总能看到老板板着脸走来走去，年轻的经理显得温和得多，但是谁也不敢轻易挑战他的权威。隔三岔五，经理便会召集我们开会，他爱对我们说一些励志的句子，譬如“让明天的你感谢今天拼命努力的自己”“不要在应该奋斗的年纪选择安逸”“青春是一个不留遗憾的战场”……

很多时候，刚刚被经理激励了一番，回到工作岗位后，我们又一副无精打采的样子。就拿我来说吧，曾经那么抗拒学印刷，却阴差阳错地干起了印刷，这让我多少有些挫败感。虽然我们印的不干胶商标鲜艳夺目，客户大部分时间也是满意的，但是收工后看着满是油墨的脏兮兮的手，以及用药水清洗油墨的疼痛感，让我对这个行业心生反感。我的工作干得越来越出色，我的逆反心理却越来越强烈。

“我要离开。”这是我藏在心底的一句话。这句话时不时在我嘴边酝酿，甚至像炸弹一样快要引爆我。有时候，经理巡视到我的机位，会做很短暂的停留，表情大体上还是满意的。走的时候，经理总会微笑着留下一句话：“小弟，好好干，我看好你哦。”本来是一句表扬的话，对于我来说，却像是一块烫手的山芋，拿也不是放也不是。为了生计，我不敢贸然选择辞职，而且重新开始也是有风险的，我不想再次陷入不必要的恶性循环。

那一天是中秋节，天气格外的好，到了晚上月盘格外的大，月光也格外的明亮。心情不佳的我没有随工友外出，也没有去找别的工业区的老乡，而是把自己关在房间里看书，再就是坐在窗前发呆。经理进来的时候，我完全没有察觉，直到一小盒精致的台湾月饼出现在我面前，我才本能地站了起来。经理笑着说：“小弟，中秋快乐！”

经理坐下来，竟然给我讲起了他的爱情故事：“我在辅仁大学念书的时候，悄悄地喜欢上了当时的校花。喜欢校花的人特别多，很多人给校花递纸条、传简讯，我也跟着递纸条、传简讯。学友就说了：‘你又不是高富帅，凭什么追求校花，你纯粹是在闹笑话。’我才不管那些有的没的，我不间断地表达着我的爱，默默地为校花做了很多事，我相信自己比别人更爱校花。后来，我就真的跟校花在一起了，那些学友羡慕得直瞪眼。”

听他说完，我目瞪口呆，我不明白他跟我讲这些做什么，如果是炫耀也来得太莫名其妙了。接着，经理笑着说：“我和校花在一起三年，后来因为种种原因和平分手。这段感情我很珍惜、很怀念，但是却丝毫没有后悔和遗憾的地方，因为我一直告诉自己——如果爱，请深爱。这也是我要送给你的话，或许你现在还没有爱的人，但是这句话同样适用于你的事业。不管将来你是否还在这个行业，但你现在身处其中就该拼尽全力，拼尽全力去爱，比谁的爱都来得深，你就会拥有无怨无悔的人生。”

经理这一番推心置腹的话，深深地震撼了浑浑噩噩中的我，我顿时明白自己还是“爱”得不够，而“深爱”应该从此刻开始。后来，我真的没干多久印刷，开始尝试其他的行业，但是从印刷厂带走的最宝贵的财富，还是经理的那句“如果爱，请深爱”。

勇敢说“不”的苔

第一次见苔，是在《XX》杂志社的N年庆典上，那里大部分都是老作家、老领导，苔像草丛里的一朵可人的花。其实，我并不认识苔，还以为是苔是杂志社的年轻工作人员。后来，才得知苔是庆典的大学生作家代表，这样可以彰显参加人员的广泛性和包容性。除了苔，我是现场最年轻的人，这让百无聊赖的我多少有了一点儿慰藉，每当开小差的我遭遇苔的目光时，甚至有一种心有灵犀的愉悦感。

庆典非常隆重，老作家、老领导纷纷发言，一些不太老的作家和领导，也跟着发了言、讲了话。显然，没有我们年轻人开口的机会，苔坐在会议室被遗忘的一隅，而坐在后排的我也不言不语。我和苔就像误入一片森林又走不出去的两只小动物，是那么躁动不安，又是那么无计可施。当然，我们置身在被忽视的角落，偶尔打个瞌睡或者发个微信，也没有人将目光转过来，更不会有人来责备几句。

其实，我曾经想过自己为什么要参加这种空洞乏味的活动，然而，自己却不由自主地来了，而且又没有临阵脱逃的勇气。虽然就算彼时，我从会议室悄悄走掉，恐怕也没有人会格外地在意，要开的会一定继续开完，要发的言也一定会发完。可是，我还是选择继续待下去，就像对面的苔也在继续发呆。

整整一上午的会议，终于在饭点到来时结束了，大家陆续进入食堂进餐。说是食堂，完全可以媲美街上的餐厅，考究的装修风格，大大小小的包间隐秘地存在着，男女服务生都面带职业微笑。老作家、老领导进了最大的包间，不太老的作家和领导领我们进了小的包间。包间里，大家热闹地议论着文学、房价或昨天的牌局，我完全插不上一句嘴，而苔抱着一杯茶安安静静的，像一只不敢随意出窝的兔子。

如果说文学点燃了大家的热情，那么酒水几乎让包间里的气氛爆炸，相熟的作家和领导不停地互敬两杯。我偶尔也起身敬敬酒或者回敬，更多的时候，只是默默地吃菜，或者望着窗外发发呆。偶尔，我将目光落到苔的身上，她小口吃菜，几乎不抬头看人，那种局促不安呼应着我的百无聊赖，我想我们都不属于这里，可是又不得不留在这里，这是多么荒唐的一件事。

突然，不知怎么，有人“盯”上了苔。一个人的酒杯伸了过来：“小美女，来陪大家喝一点儿酒，喝酒也是文学交流，哪有诗人不喝酒的？”苔小声地说：“我不是诗人，只是爱写诗，我还在念大学，也不会喝酒。”纵使苔不停地说“老师，我不会喝”，几个敬酒的家伙依旧不依不饶。苔一直在退缩，那些劝酒的声音都无法打动她。

接着，苔无意中打翻了一只酒杯，还将酒水洒到了敬酒人的身上。那人一脸的尴尬，苔一脸的惶恐。我拽住苔说：“我们出去透透气。”然后，我们两个人离开了包间，也结束了自己的庆典活动。我笑着对苔说：“这种场合不属于我们，这是他们的世界。”苔咬了咬嘴唇说：“嗯，我再也不会参加他们的活动了。”这是我和苔的第一次对话，也算是真正地彼此认识了。

来到喧嚣的大街，我们可以自由自在地呼吸，也可以吹一吹风，旁边还有叫卖商品的嘈杂声。我和苔是那么快乐，走向地铁站的我们很放松，仿佛之前在会场丢失的那个自己，瞬间就奇迹般地回到了身体。后来，我们上了不同方向的地铁，去寻找下一站的快乐和惊喜。如果这一天，我们还有收获，那就是收获了另一颗清澈的青春的心，还有走向未知前方的勇敢和乐观。

再后来，我和苔只是偶尔在 QQ 里相遇，通过文字去感受对方的生活和心情。小女生的世界是花样般的年华，也有小小的忧伤、小小的挫折和小小的幸福。我只是静静地观望着苔，从来都没想过要见面，好像也没有相聚的必要。没有说出口的那句“你要幸福”，其实是最真实、最清澈、最诚恳的祝愿，想必苔也能从及时的点赞或安慰中明了。

一天，我突然在苔的空间，看到一条这样的说说——“滚粗，爆棚的厌恶感。”通过大家的评论和苔的回复，我很快闹清楚了事情的原委：那次《XX》杂志N年庆遇到的一个人，后来几次三番联系过苔，给予了苔一些所谓的关照，然后又反复提出一些出格的要求，当苔愤怒地拒绝时，却遭到他的指责甚至谩骂。没有无缘无故的关爱，也没有不计回报的付出，这个人毫无保留地展现了他丑陋的一面。

而我给苔的留言是：“追求成功并不是一个委曲求全的过程，我们或许会失去一些机会或福利，但是我们不要弄丢说‘不’的权利。就算我们不是永远都能赢，但是我们也不要输给懦弱的自己，不要输给那些小看或蔑视我们的混蛋。说不，理应是我们青春最张扬的个性和色彩，也是我们穿越艰难阻碍、穿越风雨的勇气和力量。我说的这些，你懂得的，我为你骄傲，苔。”

苔告诉我：“以前，我总觉得说‘不’是一件非常为难的事情，一个‘不’在嘴边常常很难说出口。于是，我参加了很多不喜欢的会议和活动，也读了许多并不想读的书，甚至还包容过出轨男友的种种荒唐之举。可是，等待我的却是更多莫名其妙的邀请，更多的不喜欢的又不得不读的书，还有男友最后毫不留情的决绝的离去。那次《XX》杂志的N年庆典后，我就开始大胆地学着说‘不’，尽量少委屈自己，成全别人，其实这样我反而变得更快乐，没什么比内心的自由更值得骄傲的。”

又过了一段时间，苔说：“那个人给我发来致歉的短信，致歉的内容是诚恳的。其实，这些对于我而言并不重要，重要的是我明白了如果自己不说‘不’，没有人会替你来拒绝。而我适时地说‘不’，就可以把自己从不必要的纠缠中拯救出来，我不必再跟无聊的人与事周旋，我可以跟自己的心更近一点儿，跟自己想去的地方、想做的事更接近，这样的人生才是无怨无悔的。”

显然，苔不再需要我的指引，她已经有了独立的思考，并且有能力过得更好、更从容。我想，我和苔，还有许多坚持原则的年轻人，一定都会走向春暖花开的明天，遇见更美好的那个自己。

苦是甜的种子

《中国好声音》第三季冠军张碧晨，是个年轻漂亮的天津女孩儿，她曾经在父母的呵护下生活。可是，为了自己的音乐梦想，她只身前往韩国当练习生，她说：“我去韩国就是很想过练习生的生活，真的真的想吃那份苦。”

事实上，练习生的苦比张碧晨想象中的更可怕，不仅高强度的训练让她吃不消，疲惫了没有家人陪伴的寂寞也让她十分伤感。但是她还是咬牙熬过了那一段岁月，她不仅加入了韩国女子天团，还获得粉丝的喜爱，并得到了重要的奖项。回国后，张碧晨参加了第三季《中国好声音》，顶着盲选的压力、选手的竞争和舆论的纷扰，一步步走向辉煌的顶点。显然她的每一步、每一天都沾着苦。相信大多数的观众不仅被她的歌声和美貌吸引，更为她浸着泪和汗过苦日子的坚强、离梦想很遥远却不放弃的坚持所折服。

成功的滋味每个人都想尝，可是通往成功的路上的苦，却是很多人避之不及的。然而，苦是甜的种子，如果最初没有植入那么些苦，也就很难有苦尽甘来的时刻。没有人能够随随便便成功，没有苦的洗礼，甜也不会无缘无故地出现。很多有着音乐梦想、向往娱乐圈的年轻人，都恨不得自己成为张碧晨，可是没有几个人愿意吃苦，更没有人愿意像张碧晨一样“找苦吃”。

在我熟悉的撰稿圈，有一些颇有名气的写手，他们拥有大量粉丝，其中也有爱好写作的文友。许多文友常常会问：“你们到底是如何做到每天都有作品发表、过两三个月就有一本书出版的？”有的写手说：“我们不过是每天都在写作，从来都没有间断过。你们在聊天时我们在写作，你们在旅行时我们在写作，你们去看足球赛或听音乐会时，我们仍然在写作。”还有一位写手毫不隐瞒地说：“我每天都会创作一万五千字，不管这一天我无事可做还是事务缠身，我的创作计划绝对不会被打乱。我宁肯晚上不睡觉，也要完成自己的创作计划，而不是将写作推到第二天。”“每天一万五千字？不睡觉也要写作？”文友们听闻，个个都吐舌头：“这哪里是创作，分明是在干苦力，我可吃不了这个苦。”

抛开那些抄袭的争议不说，郭敬明应该算是成功的写手。在一次访谈中，郭敬明说自己每天只睡四五个小时，没有时间陪父母看电视和外出旅游，甚至从来都没有享受假期的权利。很多人也渴望获得骄人的成绩，可是他们宁愿要闲聊、旅行或者娱乐，也不愿意睡得少一些，简而言之，就是不愿意离苦太近，却巴望着把甜留住。可是，苦是甜的种子，如果连种子都没有种下，怎能盼来开花结果的时刻?

其实，事业就像是一场马拉松比赛，不仅要跑得快，还要坚持得久。或许我们无法每一次都最先抵达，然而，“千里之行，始于足下”，体验过汗水滑落脸庞的滋味，感受过伤痛，才能享受最后冲线的那份甜。我们总是带着一路的抱怨前行，总是感慨幸福是那么难以获取，却不知一切可以尽在掌握之中。我们总是品尝了甜后才感谢苦，却不愿意将苦看作是甜的种子，让一切美好的发生成为必然。

苦是甜的种子，甜在苦的尽头等着我们，苦过的人生才有力量，而最后的甜是人生最重的分量。

选对人，才能做对事

我的第一份工作是做保险，没干两个月就知难而退了。

但人生有点儿像扑克牌游戏，你永远都猜不到下一张牌面。我怎么也没想到我一个只识红绿蓝的人，第二份工作却是彩扩师。那里有我不熟悉的美女收银员，更有我不熟悉的各种彩扩设备。

那个炎热的夏天，朋友把我领进微略有些显影药水味的彩扩店，我忐忑不安地盯着老板的后背。老板转过身来打量了我一下，他一米八几的个子，严肃的国字脸。之后，他领着我看一个色板，等我确认红是红、绿是绿、蓝也是蓝。老板笑着说："小伙子，你是我们这儿的人了，好好干。"就这样，我得到了一份从未憧憬过的工作。

没有工作经验的我，告诉自己要好好干。

可正式进入工作状态，我却有一点儿懵了，女同事友情提示我：“只是确定你不是色盲就要了你，零基础进门自然先从杂工做起。”我幡然醒悟，也就不再手足无措了。每天我都第一个到，最后一个走，把彩扩店打扫得整洁干净，偶尔还会给老板、同事端茶倒水。同事们都笑眯眯地看着我，一口一个“小路”的叫得很甜。

江涛是资深彩扩师，这个彩扩店的年纪有多大，他的工作时间就多长。老板说他是彩扩店的开创者，江涛笑嘻嘻地说开创者有两个人，他是其中一人。江涛操作设备得心应手，使一叠一叠的照片“鱼贯而出”。他一阵风般地干完活，然后不是看报纸，就是玩手机。当然，彩扩店不光有江涛一个彩扩师，其他两个彩扩师也很了得。可能我和江涛格外投缘，他对我非常关照，比如早上帮我带一份炸酱面，或者晚上带我去吃烧烤、喝啤酒，还总是给我一些职场的建议。

老板对零基础的新人还是有工作内容的限制的：入职三个月内不得上彩扩机操作，只能给老的彩扩师当助理。老板的规定并不苛刻，盲目上机的后果是废片成堆，废片可都是有成本的。我老老实实地当着助理，每次都收拾冲洗好的照片，做一些烦琐的工作，成长的速度自然非常慢。不光是我有些急，同事们也有些急，毕竟我迟迟无法进入状态，他们就要肩负更多的工作。于是，大家都期待我能尽快上机，而我也如绿茵场上的替补一般急于登场。

没有谁能够无师自通，我自然需要资格老的彩扩师来教。同事们也让我选个师傅。其实，我也没有太多的犹豫，我跟江涛最熟悉，自然就选了他。同事们都说我选错了人，还说学技术可不是凭感觉，需要的是一位技术好、有耐心的前辈，而不是一个整天嘻嘻哈哈的人。大家的意思我明白，江涛虽然技术好，但工作专注度不高，常常扔下工作躲在洗手间抽烟，或者和女朋友煲电话粥，没把工作当回事。

江涛不理会同事们的风言风语，倒是很享受有人请教的感觉。江涛笑着说："彩扩其实并没有那么神秘，我相信你很快就能得心应手。"可是，同事们却非常发愁地看着我，仿佛我是一个遇人不淑的小女生一般。选择的对与错，常常不是最初就能明了，不往前多走几步，谁也不知道结局如何。

"嘴皮说破，不如上机操作。"这是江涛的口头禅，同事们却担忧地说："老板看到成堆的废片不发火才怪。"每个彩扩师都要控制废片率，总废片率一般不超过千分之五。江涛不管这些，一瞅老板不在，就让我坐上彩扩机操作，只是告诉我操作要慢慢来。江涛将我推上了彩扩机，废片也记在了他的名下。幸运的是，虽然我偶尔会产生废片，还是未超过规定的废片率。

对于江涛让我提前上机操作，大家其实有着不同的看法，江涛的铤而走险不是信任我，而是想自己偷懒少干点儿活。我懒得理会同事们的说法，每一次躲躲藏藏地上机，都格外地珍惜机会。我宁愿在彩扩机上战战兢兢地操作，也不愿意在一边傻傻地观望。我还告诉自己：我一定要让江涛，让大家看到我的成长，总有一天，我要光明正大地上机，成为一名名副其实的彩扩员。

那段日子，我过得很充实，我甚至感觉得到自己的成长，同事们也慢慢地习惯了我上机操作。而江涛要么在一边观望，要么在一边煲电话粥，确实也过得悠闲自在。江涛偶尔会给我说说一些技术上的细节，更多的时候他都在不停地给我点赞，让我有勇气做一些更复杂的工作。当我的废片率越来越低、顾客们开始接纳我、同事们开始夸赞我时，江涛便在我上机时点一根烟，将自己包裹在缭绕的烟雾中，远远地看着我。

由于江涛减少自己上机操作的时间，更多地让我体验，同事们都这样议论他："该自己干的活都推到了徒弟身上，这不是什么为师之道，是偷懒之道。要知道，搁了谁，只要被硬推上了彩扩机，几天也能够快速地成长。"江涛也没说什么，依旧有机会就把我往彩扩机上推。而我更不会说什么，没有什么比看得见的成长更让我满足的了。

一次，我和江涛在街边摊吃烧烤，吹着让人舒爽的夜风。我忍不住问他："大家都那么说你，难道你完全不介意？"江涛淡淡地说："他们怎么说随他们去，其实他们根本不了解我。你不信去翻翻彩扩记录，我一定是店里彩扩量最大的。"我好奇地问："那为什么你给大家懒懒散散的感觉？"江涛笑着说："不是我比谁懒，只是我动作快，我就是那种风风火火干完活，再优哉游哉偷闲的性格。"最后，江涛又说，"这段时间，我倒是真的做了甩手掌柜，不是我不想上机操作，只是我想给你更多的上机操作的机会。"

我知道，江涛不过是对我的一种成全、一种锻炼，但是他不露痕迹的苦心，却被一帮同事都误解了。当然，我想他不会特别地在乎，理解他的人自然会理解他，不理解的人解释也没用。

我愈发珍惜上机操作的机会，当同事们再批评江涛时，我便坚定地说："江涛是我一辈子的老师，我感谢他教会我的一切，我希望能成为和他一样优秀的彩扩师。"慢慢地，同事们也就不再继续这个话题，毕竟大家还有更多更有趣的谈资。而且我的彩扩质量越来越高，无形中也分担了其他彩扩师的工作，收银员和顾客打交道也简单得多，不必为糟糕的质量与顾客周旋。

老板来店里的时间不多，但是我上机操作的事情，却不可能一直瞒下去。有几次，老板就撞见我坐在彩扩机边，我窘促得不知如何是好。同事们打过几次圆场，特别是江涛三句两句就绕开了话题，而我也识趣地撤离了现场。老板离开时，还是带着半信半疑的神色，可是又不见成堆成堆的废片，也就没有找到发飙的理由。有时，老板也会说："小路，你别着急，三个月一满，我就安排你上机操作。"

这个秘密最终被顾客泄露。"辛总，"一些老顾客直接跟老板"打小报告"，"您店里的小路技术不错，他彩扩出来的照片水准高，而且服务态度也格外好。"木已成舟的事实，老板是最后一个知道的，他多多少少有一些不爽。不过，店里突然多了一名成熟的彩扩师，这又是让他有些惊喜的。例会上，老板说："肯定是你们这些想偷懒的老彩扩师，急匆匆让小路这样的新人提前上机了。"

江涛兀自站了出来："这跟其他同事无关，是我有意让小路提前上机的。嘴皮说破，不如上机操作，何必要他干瞪眼看足三个月，我看您的店规也要改一改了。"老板也不继续追究："只要你们别弄出太多废片，把照片彩扩好，顾客又满意，我倒没什么话说。"同事们不服，小声嘀咕："没想到，江涛这家伙，倒是懒出了道理来，活少干了不少，不仅徒弟拥护，连老板也支持。"

"在职场，大家都要学会选择跟对的人学习或合作，只有选对了人才能事半功倍。人生总会遇到一些贵人，贵人不都是一个模样，适合你的才是最好的，他可以陪你走很远的路、看更好的风景。"老板说了一番意味深长的话，同事们纷纷点头称是。

好马也吃回头草

“好马不吃回头草。”我不属马，却有着马的倔强。在我的思想里，既然离开一家公司，放弃了一个职位，便不会有回头的可能。可是，现实往往让梦想偏离，我不仅吃了一回回头草，而且还挺享受回头草的甜美滋味。

那时，我在一家影像公司担任彩扩员，一干就是两年半。我技术不错、顾客缘好，老板常对我说：“你帮我好好干，我不仅每年给你加一次薪，还会送你去美国参加短期培训。”可是，一份远隔两地的爱情让我动摇了，一时头脑发热的我选择了辞职，甚至不等老板正式批准，便踏上了南下的列车。爱情的花开得快，谢得也快，当距离消失后，爱的感觉也慢慢消失了。

带着爱情的伤回到了熟悉的城市，来到了起点，我却成了地地道道的失业一族。别说被老板宠爱，就是找到一份彩扩员的职位都很难，没有一家公司为我虚位以待。无奈之下，我开始寻找别的工作：在电脑城当推销小弟，在影楼当摄影助理，或者在培训学校打杂。没有任何一份工作有原来那么丰厚的薪水，也没有任何一个职位让我收获成就感，每一天我都过得浑浑噩噩、昏头昏脑的。

无意中，我看到了原来那家公司招聘彩扩员的消息，我的心"咯噔"一下——那是一种莫名的悸动吧。可是，脑子里有一个小人在跟我说话："好马不吃回头草，难道你真的要回去？"我猜想，以前的老板那么器重我，却留不住我，他对我多少有些怨恨吧。可是，当我想到自己空空如也的口袋，就将"好马不吃回头草"的想法抛到了九霄云外，决定豁出去试试。

等我忐忑不安地来到面试现场，才发现原来的老板已经调走了，以前的同事小刘成了新任老板。旧同事成了面试的主考官，而且还有可能成为未来的老板，这让我感觉多少都有些怪怪的。不过，难熬的时光很快就过去了，小刘"不计前嫌"，重新聘用我为公司的彩扩员。只是，在签劳动合同时，小刘补充了一句："我每个月会扣你三百元薪水，当作你的从业诚意金。如果你认真履行合同，不提前离开公司，合同期满我会一次性补给你。"毕竟自己曾经当"逃兵"抛弃过公司，能够重新上岗，哪里还敢说"不"？

回到原来的公司，我有了物是人非的感觉，除了熟悉的出纳赵姐，其他的工作人员都是新面孔。不过，我曾经为爱决意离开公司的“英雄事迹”，显然是想藏也藏不住的。“走都走了，不知道为什么还要回来。”大家对我这匹吃回头草的“野马”并不认同，甚至有一种本能的抵触情绪。那些难听的“杂音”其实早在我预料之中，我只好选择“左耳进、右耳出”，不希望自己的情绪受影响。

厨师的名片是菜肴，老师的名片是学生，彩扩员的名片自然就是照片了。在接下来的工作中，我冲洗的照片质量过硬，废片率长期接近于零，不仅顾客对我赞不绝口，老板小刘对我也很满意。而且，一些我辞职期间不再光顾的顾客，从各种渠道得知我回归的消息后，重新开始光顾我们的公司。我知道，那些顾客不仅仅是信赖我彩扩的技术，喜欢我热情而周到的服务，更是怀有一种“恋旧”的情结吧。老板小刘可不会想那么多，老顾客回来了，公司的营业额上去了，他开心得合不拢嘴。

很快，那些对我有些许“敌意”的同事开始接纳我：在彩扩业务上，他们遇到难题会虚心地找我讨教，甚至丝毫不掩饰对我的崇拜；遇到一些难缠的顾客，老板小刘又不在公司时，我被一次又一次地推到“前线”，而我每每都能较好地处理。于是，这些同事们暗地里封我为“一哥”，还开玩笑说我在公司里待着，他们才会有“安全感”。当然，让我正式当上“一哥”，是老板小刘提升我为首席彩扩员，并将我的月薪涨到公司最高时。

吃回头草吃成“一哥”，这当然不在我的人生规划之内。不过，身在职场，我们真的不必被“好马不吃回头草”的旧观念束缚。当种种机会渐行渐远，我们不幸陷入四面楚歌的境地，吃回头草体现了一种不抛弃、不放弃自己的坚忍，这样的坚忍让我们的梦想得以延续，带领我们从黑暗的穷途末路走向光明的康庄大道。

城里的月光把梦照亮

在家乡时，抬头就可以看到圆盘般的月亮，月如钩的小镇的夜晚也格外明亮。可是，没有几个人待在家乡，好男儿志在四方，就像马云说的："梦想还是要有的，万一实现了呢？"

城市里有太多的高楼大厦，很多时候，夜空都被建筑物遮住了。还好，城市里有明晃晃的路灯，有五颜六色的霓虹灯，世界还不至于那么灰暗。可是，口袋里没有太多人民币的我，更多的时候却不敢随随便便地外出。外面的世界很精彩，外面的世界很无奈，精彩与无奈之间，隔着一段拼命努力的青春。

于是，我选择留在租住的小屋。屋子里有简陋的家具，有几本被翻破了的青春励志书，再就是电台里循环播放的音乐。那时候的音乐很干净，没有莫名其妙的唱词，没有含糊不清的腔调，字字句句都落在心底，然后像花儿一般开放。偶尔，我也会拨一通电话，和电台主持人聊聊自己的心情，或者为某一个朋友点一首歌。一样的歌，不一样的祝福，总能给朋友、也给自己带来些许的快乐。

第一次听《城里的月光》，就喜欢上那个叫许美静的女歌手，她的声音很适合午夜寂寞的人听。“城里的月光把梦照亮，请守护它身旁，若有一天能重逢，让幸福洒满整个夜晚……”彼时，我总会想起自己的家乡、自己的来时路，还有自己的梦想。总有一些梦还没有实现，总有一些路还要走，人生就是一个跋涉的过程。我想，许美静也是一位带着梦想出发的女子，至于她的梦想我不知道是什么，但是想必也是一个绚烂的好梦。

曾经在一栋摩天大楼的楼顶，我抬头，突然看到久违的月亮。原来，城里的月亮并不是不知所踪，它依旧在某些角落上空安静地高悬，只是钢筋水泥的城市森林使我们的眼睛迷乱了。许多人都喜欢在楼顶驻足，恐怕同样都想一睹月亮的芳容，同时也思故乡、念家人和想起自己的梦想。

城市不仅属于尽情享受的红男绿女，也有生活艰难的人群。他们有的人住在建设中的建筑物里，有的人住在简陋的城中村；有的是随父母进城的借读的孩子，有的是为了房子和票子奋斗的年轻人。梦想都是光辉灿烂的，像月光下的一草一木，又像河畔的沙粒，虽然在别人眼中微不足道，却独自绽放着光彩。

黑夜过后就会迎来光明，日子不会永远是让人沮丧的旧模样，笑着走过一段荆棘密布的路程，你会收获梦寐以求的美丽新世界。可是，我永远不会忘了那个夜晚，那个唱着“城里的月光把梦照亮”的女歌手，还有在出租屋和我一起听歌的那个人。

成功眷顾不走寻常路的人

《莫比玛》报是斯里兰卡一份畅销周报，虽然发行量一直名列前茅，但是跟前些年高峰期相比还是有差距。对于《莫比玛》报发行量下滑的现状，老板古塔先生早就看不下去了，他可不希望《莫比玛》报一直萎靡不振下去。

贾亚瓦德纳是《莫比玛》报的高级营销经理，他不仅负责为报纸招揽各个版面的广告，而且也肩负着提高报纸发行量的重任。年初，古塔先生向贾亚瓦德纳下了最后通牒："如果到年中，《莫比玛》报的发行量还是达不到 10% 的增长，那么你就卷铺盖回家种木薯吧。"贾亚瓦德纳知道任务艰巨，但是如果跟老板叫板，恐怕现在就得砸饭碗，于是忙不迭地说："我一定不辱使命。"

领命后的贾亚瓦德纳如坐针毡，常常为解决摆在面前的难题挠头。其实，贾亚瓦德纳也知道《莫比玛》报的发行量已经非常可观了，而报纸销量下滑的原因是综合性的：第一，斯里兰卡报业发达，同类型报纸层出不穷；第二，斯里兰卡的网民人数逐年递增，人们的阅读习惯发生了深刻的变化；第三，《莫比玛》报的作用是有限的，人们无法在阅读中获得更多回报。

这天，贾亚瓦德纳再次捧着《莫比玛》报陷入沉思，突然他被一只硕大的蚊子叮了一口。这只大蚊子“得手”后，竟然没有立即离开，而是围着贾亚瓦德纳的头顶回旋。贾亚瓦德纳不停地跳跃、追赶、拍打，可是那只大蚊子从容地东躲西闪，完全没被突如其来的“追捕”吓倒，甚至一点儿离开的意思都没有，大有开展下一次进攻的架势。贾亚瓦德纳气恼地说：“可别让登革热缠上了。”

登革热是登革病毒经蚊媒传播引起的急性虫媒传染病，光斯里兰卡每年就有 3 万人感染登革热，被感染者较大部分是抵抗能力弱的儿童，而登革热还是致儿童病死的重要原因之一。然而，斯里兰卡的蚊虫很厉害，当地政府用了很多办法驱蚊，还规定居民若不注重卫生、驱蚊不力，甚至会遭遇罚款或被逮捕，但都没起到立竿见影的效果。

贾亚瓦德纳跟那只大蚊子周旋累了，一会儿看着手中的《莫比玛》报，一会儿看着“对峙”中的大蚊子，他顿时有了主意：“如果《莫比玛》报可以驱蚊，它在斯里兰卡一定非常受欢迎。”接着，贾亚瓦德纳开始研究让《莫比玛》报达到驱蚊的效果的方法。很快，贾亚瓦德纳找到了好办法——把天然香茅精融入印刷报纸的油墨当中，果不其然，捧读这样的报纸，蚊虫真的就不近身了。

4 月 7 日是世界卫生日，《莫比玛》报老总古塔先生适时推出驱蚊报纸，并且在报纸上大力宣扬驱蚊报纸的作用。当日，斯里兰卡人都被神奇的驱蚊报纸给吸引了，不光是《莫比玛》报的忠实读者照常购买报纸，许多平时不怎么看《莫比玛》报的人也开始购买。有人直言不讳地说："《莫比玛》报要是真的能驱蚊，谁不愿意买来试试看呢？"这一天，《莫比玛》报临时加印了 30%，而加印的部分随后也销售一空。

接下来，《莫比玛》报的销量持续走高，到年中，平均发行量超过年初的 35%，斯里兰卡人简直是太爱这份报纸了。后来，《莫比玛》报驱蚊的消息传开，受到了全世界媒体和读者的关注，它着实地红了一把，许多国外的报纸甚至不远万里来取经。而差点儿被炒鱿鱼的贾亚瓦德纳不仅因为帮《莫比玛》报实现销量增长而被留用，古塔先生还要重用他。很多时候，国内外的报纸来采访，古塔先生总是将贾亚瓦德纳推出去，毕竟贾亚瓦德纳才是真正的功臣。

贾亚瓦德纳这样对媒体说："有人嘲笑《莫比玛》报只是印了新闻的驱蚊纸，其实一份报纸的锐意进取才是最宝贵的。不管是一份报纸还是一个人，倘若一味地故步自封，恐怕很难获得重新崛起的机会，成功常常眷顾不走寻常路的人，不寻常的路更有获得转机的可能。"

“穿”出来的机遇

当尼克·伍斯特还是个小孩子时，他的爸爸妈妈每天忙得团团转，清晨也顾不得为他找鞋子、挑衣服。尼克·伍斯特光着脚丫，穿着贴身的单薄衣衫向爸妈抗议：“为什么不搭理你们的宝贝？”尼克·伍斯特的妈妈认真地说：“没看到我们都很忙吗？你是男子汉，自己的事情还是自己干吧。”

一次次的抗议无效后，尼克·伍斯特不得不自己动手穿衣穿鞋。最初，他嘴里总会嘟哝几句，再随便挑双鞋、找套衣服对付着穿上，然后就独自上学或者外出了。到了学校，有人会取笑他：“哟，尼克，你这身打扮够古怪的，你也有勇气走出门？”尼克·伍斯特的脸顿时就红了，他对着学校走廊的穿衣镜看自己，真的是一身古里古怪的、令人觉得好笑的装扮。

再后来，尼克·伍斯特开始精心地为自己挑鞋子、衣服，甚至为了有更多的时间进行搭配，他还比以往早起一个小时。从小学到中学，尼克·伍斯特一直保持着这样的习惯，他对于时尚和服装也积攒了很大的热情。大学毕业后，尼克·伍斯特选择了与时尚、服装相关的工作，他做过服装百货公司的买手、男装品牌的总监以及时尚电商的顾问。

不得不说，尼克·伍斯特的人生因为“讲究穿”获得了很多机遇。他妈妈的那句“自己的事情还是自己干吧”，不仅培养了他独立的个性，更是开启了他对服装的兴趣和对时尚的敏锐感，并让他拥有了与之对应的工作机会。前不久，年近六十岁的尼克·伍斯特凭着个性鲜明的时髦打扮在社交媒体走红，他被广大网友誉为“全球最会穿衣服的老男人”。走红之后，尼克·伍斯特获得许多走秀的机会，还成了业界炙手可热的当红男模，这无疑让他开辟了事业的第二春。

我们常常感叹机遇难求，不知道机遇何时才能到来。尼克·伍斯特的故事告诉我们，人生的机遇其实无所不在，重要的是自己要有足够的准备，这样面对机遇时才能去抓住它。

谁说机会不在这条街

老乡小钟在某日用品公司上班，他每天走街串巷推销产品。小钟公司的产品品质绝对是很好的，然而价格也不便宜。这给小钟的推销带来了巨大的困难，他并不认识太多有钱的人，有些小区他连进都进不去。小钟总是在抱怨："我现在连客户群都不能接近，怎么可能有好的成绩？"

于是，"我想认识有钱人"就成了小钟的口头禅。小钟缠着我，让我给他介绍有钱人，说再不搏一把就要卷铺盖走人了。坦白地说，我也不认识太多的有钱人，就算认识也不可能随随便便给他牵这个线、搭这个桥，谁都不希望被随意打扰。当然，我也不可能完全坐视不理，毕竟我们来自同一个小镇，都希望在城里站稳脚跟。

很快，我就发现一个问题：小钟每天在城市里东奔西走，却很少在我们住的这条街推销。要说这条街啊，其实住了很多我们的老乡，本地的一些住户跟我们也是低头不见、抬头见的。可以说，在这条街我们认识的人，比在其他地方认识的人不仅多，而且关系更亲密、更友好和更长久。我直言不讳地说："你为什么不在这条街找机会，连你身边的机会都不去抓，怎么指望抓到更多、更好的机会？"

这时，小钟不以为然地说："我的机会不在这条街上，我不可能在这条街上推销公司的产品。"我笑着说："我知道你在想什么，你觉得这条街的人消费不起你的产品。但是，你为何不在身边的这条街试一试呢？不放弃任何一次机会也是走向成功的秘诀之一。"

小钟无可奈何地说："那我就试试吧，哪怕我依旧认为，我的机会不在这条街上。"最初的时候，如小钟预想的那样，大家对他的产品有浓厚的兴趣，但是产品的价格却让大家犹豫，小钟没有随随便便就放弃，而是向这条街上更多的人推销。没多久，他获得了第一笔订单，那是一个并不太有钱的住户。那个住户平时穿着很朴素，甚至都舍不得花钱买车代步，但是家里的装修却很考究，家里的日用品也都是上等货。那个住户找小钟买了一批东西，还表示以后也会继续光顾。

接着，小钟又收获了第二笔订单，而且是一笔很大的订单。那天，小钟去拜访一个老乡，那个老乡在街上租了套两室一厅的小房子。起初，小钟跟老乡聊的时候，老乡也没有表现出多大的购买欲。后来，老乡的一位企业家朋友来了，听到小钟耐心的描述和推荐，不仅当场决定向小钟大量采购，同时，这位企业家还非常真诚地说："年轻人，我很欣赏你这样的人才，在最熟悉的地方能抓住商机，这需要很大的勇气和智慧。如果你愿意，我希望你来我的公司担任销售经理的职位，薪水至少是你现在的两倍以上。"

后来，小钟跟我说："路哥，谢谢你的提醒，我最终明白，原来哪里都有机会。机会在我们的脚下或手中，机会在每一个路口或来自每一个遇到的人。"小钟会不会跳槽，我不知道，但是我相信，他未来的路会越走越好。

麻烦是人生的“甜点”

去年，直到腊月二十八，我们还在邻市小妹家做客。一天清晨，爱人提议回家去陪我们在老家居住的老父亲，春节近了，确实也该离开了。爱人收拾行李时，发现自己的高跟鞋的跟磨平了，走起路来摇摇晃晃的。

我带着爱人的高跟鞋去换鞋跟，街道上的年味越来越浓，许多店面早已关门大吉。我找了几圈都没看到修鞋铺，后来向路边商店的大妈打听得知，在前面一条巷子的路口有人在修鞋。等我走近，发现是一位满头银发的老爷爷，保守估计也有七十岁了。老人家年纪大，动作却一点儿不慢，一眨眼就给女顾客换好了拉链，没多大工夫又补好了一双家居鞋。

拿到我要换跟的那双鞋，得知我马上要离开这里，老人家马上放下其他的活，专心致志地忙活开了。显然，爱人的这双鞋的跟磨损得太厉害了，只剩下鞋钉还“孤独”地留在后跟处，而且鞋钉深深地嵌到了鞋子里。老人家用工具“帮忙”，才勉勉强强拔出一个鞋钉，另外一个鞋钉怎么都拔不出来。十分钟过去了，鞋钉没有拔出来；半个小时过去了，鞋钉依旧没有拔出来；一个小时过去了，鞋钉终于拔出来了，可是装置新的鞋跟时鞋钉却折断了。

可想而知，老人家的心情是郁闷的，感受到了深深的挫败感。可是，老人家并没有发火，脸上依旧是平静的表情。“对不起，这活我干不了”之类的话，也没从老人家的嘴巴里冒出来。老人家还在不疾不徐地忙活着，没有丝毫的急躁或慌乱，仿佛还是最初接活的状态。我在想，这得需要多大的耐心、多好的修养，才能做到不急不躁、不慌不乱。在我看来，他不是一个修鞋的老人家，而是庙宇中修为极佳的一位老禅师。

花了接近两个小时的时间，老人家才换好鞋跟。大功告成后，老人家露出了欣慰的表情。见老人家一番忙碌，我打算多付一点儿钱，老人家却坚持只要五元钱，还说：“说好的价钱怎么能加？这不是我干的事。”我很感慨地说：“这五块钱赚得可真不容易。”老人家平静地说：“总会有麻烦的活儿，不可能每次都轻轻松松。要想留得住顾客，我就不能挑活儿干。”

我告别了修鞋的老人家，随后也告别了这座城市。可是，老人家的敬业却给了我巨大的感动和震撼。确实，每个人工作中都会遇到麻烦活儿，每个人都会有麻烦缠身的时候，然而，麻烦只是人生的历练，穿越了岁月的丛丛荆棘，我们就会抵达远方，见到绚丽的风景。

苦种子也会开出漂亮的花

外婆在世时，跟我们同住，一家人一起吃饭是最热闹的时候。我的母亲和许多母亲一样爱唠叨，我的父亲和许多父亲一样爱小饮两杯，喝了酒的父亲言语也多了。母亲和父亲时常忆苦，母亲常念叨自己念书少，成了"白字大王"，父亲说来说去都是爷爷奶奶去世早，自己从小就是吃苦的命。

常常一顿饭下来，不是母亲在回忆苦日子，就是父亲把苦日子讲。初听的时候，我和小妹震惊不已，不由得抹眼泪，心底也受到了很好的教育。可是听多了，我们就不怎么爱听了，毕竟说来说去都是那些话。当然，我和小妹不会打断父母，只是对他们的诉说一听而过。不过，我们的食欲却受到了影响，仿佛吃进嘴巴里的菜都有了苦味，于是我们匆匆扒几口饭就撤了。

有一次，外婆忍不住发话了：“这世上，一直享福的人是少数，更多的人都是从苦里熬过来的。把苦日子一直挂在嘴边，抱怨岁月对自己的不公，也改变不了昨天的局面。要知道，苦种子也会开出漂亮的花，最后结出甘甜的果实。”

听外婆这么说，母亲和父亲不好意思再诉苦，毕竟日子也真的是过得越来越好，那些挂在嘴边的苦已然是遥远的记忆了，现在正是享受苦尽甘来的美好时刻。不过，外婆的那句“苦种子也会开出漂亮的花”，我不仅悄悄地记在了日记本里，也深深地记在了心底。

成年了，我离开了故乡，离开了父母，去千里之外的城市打拼。北上广不相信眼泪，东莞城也不是那么好待的——找工作找得我筋疲力尽，好不容易进了一间工厂，工资低，加班多，常受气。本来想拍拍屁股走人，可是我忍不住问自己：“难道这点儿苦都吃不了，难道忘了外婆的金句？”

很快，我就适应了打工的苦，工作也干得顺风顺水的。很多和我同阶段入职的新人都离开了，一些老同事也开始动了挪窝的念头。而我却心若磐石，我觉得至少要干出点儿名堂来才能再想其他的。几年后，工厂的发展越来越好，招的人越来越多，工作没那么辛苦了，待遇也越来越好了。和一些离职的同事聊天，他们不无遗憾地说：“早知道，就不该怕吃苦，那样就不会错过了现在的甜。”

后来，我离开了东莞，去了别的城市开辟自己的新事业。再后来，外婆因病去世了，我只能在清明时去墓地看她。但是，外婆的教诲却像是人生的一盏灯，一直指引着我面对扑面而来的挫折和困难，就算一次次地品尝到苦，也不感觉那么苦了。

其实，人生就像一杯茶，会苦一阵子，却不会永远地苦。茶的苦涩会慢慢转淡变甜，人生路上的苦楚也会慢慢发芽开花，最后长成最甘甜、最丰硕、最美味的果实。